JN305930

特殊防諜班　諜報潜入

今野 敏

講談社

目次

特殊防諜班　諜報潜入

天孫《てんそん》族以前の太古の日本に栄えた民族──『山の民』。彼らの末裔は今でも、十三歳になると一族に伝わる武術訓練『身知り』を受けるという。

身知《みし》り──

1

後楽園ホールの中央にプロレス用のリングが組まれており、満員の観客がそれを見つめていた。

しかし、リングに立っているのはプロレスラーではなかった。

青コーナーに立っているのは、アメリカン・マーシャルアーツのライト級チャンピオン、ショーン・ベックだった。金髪の白人で、灰色の眼をしている。

長いしなやかな手足が特徴だった。ショーン・ベックは、真紅のグローブをはめ、同様に、真紅のロングパンツをはいていた。

ロングパンツに空手風の帯、上半身は裸というのがアメリカン・マーシャルアーツのコスチュームだ。

マーシャルアーツは、空手をベースにしてアメリカ海兵隊のために作られた格闘術をショウアップしたものだといわれている。

キックとパンチで戦う格闘技で、ムエタイ——タイ式ボクシングとの共通点も多い。

赤コーナーにいる人物は、実に不思議な印象を与えた。

四十歳を過ぎた小柄な日本人だった。彼の肉体はプロレスラーのように鍛え上げられているようには見えなかった。

つまり、誰の眼にも、彼がリングに立つような人物には見えないということだった。多少長めの髪をすべて後ろへ流している。

彼は変わった衣装を身につけていた。袖なしの甚平《じんべい》のようなものを上半身に、また、光沢のあるしなやかな生地のズボンを下半身に着けている。

どちらも色は黒だった。さらに、シュートボクシングや、一部のプロレスの団体で採用している、膝《ひざ》から下をガードするタイプのキックブーツをはいていた。

手には黒いグローブをはめている。

この四十歳を過ぎた小柄な男が、この異種格闘技戦の主催者だった。

彼自身がアメリカン・マーシャルアーツのチャンピオンと戦おうというのだ。

リングに注目している観客のなかに、真田武男《さなだたけお》と芳賀恵理《はがえり》の姿があった。

真田武男は、窮屈そうにたくましい体を縮め、ベンチに腰かけている。

恵理は、白いミニスカートに、たっぷりとした生成《きな》りの麻のジャケット、黒いTシャツという服装だった。

長い髪を束ねずに背に垂らしている。

そうしていると、とても高校生には見えなかった。真田は三十一歳になるが、ふたりが並んですわっていると、自然なカップルにさえ見えた。

「驚いたな」

真田が、リングを見たまま言った。「あれが、雷光《らいこう》教団の新しい教祖だというのか？」

「そう」

芳賀恵理がうなずいた。「二代目夢妙斎《むみょうさい》を名乗っているわ」

「何だって新興宗教の教祖がこんな興行《こうぎょう》を打たなくちゃならんのだ？」

「趣味なんじゃないかしら」

「おじさんを怒らせようとしてるのか？」

「むずかしいこと訊《き》かないで。私、世間知らずの高校生なのよ」

た。

芳賀恵理は、真田武男の顔をのぞき込むように見てから、すぐに正面に向き直った。

「理由はよくわからないわ。ただ、これが、二代目夢妙斎のやりかたなのは確かだわ」

「つまり、デモンストレーションというわけか？　雷光教団も変わったもんだな」

「そう。初代夢妙斎とはあらゆる点で違っているわ」

「あらゆる点で違っている？　世間知らずの高校生とは思えない表現だな」

「マスコミの常套句《じょうとうく》だわ。二代目夢妙斎は、さまざまなところでPRをするわけ。彼のテーマのひとつは、日本古来の文化の再発見そして発展、ということなんだそうよ。武術もそのひとつにすぎないわ」

「古武術で、近代格闘技に対戦しようというのか？　ちょっと勝ち目はなさそうだな。第一、あの体格差を見ろよ」

恵理は、ちょっと不満そうな表情を眼に浮かべた。

「型だけにとらわれた古武術しか知らないからじゃない？　体格差？　いつか、この小柄な女子高生にひっくり返されたのは、たくましい元陸上自衛隊員の真田という人だったような気がするんだけど……」

「そうだったな……。君のおじいさんに教わった、山の民の武術――あれは不思議な武術だ。あの『打ち』ひとつ取っても、他の日本の武術には見られない特徴がある」

「どんな武術も、極めれば、すごい威力を持つはずよ。ただ、武術の世界も、他の伝統芸能などと同じで伝えていくのが難しいわけ。天才は、ひらめきである武術を発展させる。だけど、その弟子は本当の意味で、その天才の技をすべて継げるわけじゃないのよ。だから、長い年月の間に、型だけにこだわるようになっていくというわけ」

「しかし、山の民の武術はそうじゃない」

「単純だからよ。本物ほど動きは単純だわ。でも、ひとつの動きが、いろいろな意味を持っているわけ」

真田はうなずいた。

「わかるような気がする。『打ち』ひとつでも、場面に応じていくつものバリエーションが考えられる」

「『打ち』は、特別な秘伝じゃなくて、全身のバネを、拳《こぶし》やてのひらの一点に集める基本的な技術ですからね」

「しかし」

真田は、再びリングを見つめて言った。「あの二代目夢妙斎に賭けるやつはほとんどいないだろうな……」

「ためしに賭けてみたら？」

「これでも国家公務員なんだ。賭博《とばく》に手を出すわけにはいかない」

「あら……」

恵理は眼を丸くして見せた。「国家公務員だったの」

「いちおうはな……。いや、そうだと思う」

「自分の立場を知らないというわけ？」

「そうなんだ。それに、きょうは残念ながら、胴元がわからない」


ゴングが鳴った。一ラウンドの残り時間を示す電光掲示板は、二分からスタートした。

マーシャルアーツのルールに従っているのだ。

マーシャルアーツ・ライト級チャンピオンのショーン・ベックは、アップライトスタイルで構えている。

両方のグローブを、顔面の脇《わき》へ持ってくる構えだ。

ムエタイのファイティングポーズとほぼ同じだった。

二代目夢妙斎のほうは、両手を開いてだらりと垂《た》らし、右肩を前に出して半身《はんみ》で立っている。

足は、柔道や空手で言う自然体のひとつ、『レの字立ち』の形を取っている。膝がわずかに曲がっている。タメを作っているのだ。

柔軟な動きは、このタメによって生まれる。格闘技においては、体中の関節にタメを作っておくことが理想だ。

伸び切った関節は、次の動作に移るのを妨《さまた》げ、力を減少させる。

突きや蹴《け》りのインパクトの瞬間も、実は、空手の型に見られるように、まっすぐ手足を伸ばすより、やや肘《ひじ》を曲げた状態、あるいは膝が曲がった状態のほうが破壊力があることを真田は知っていた。

すべての関節は、力を増幅させるために使うべきだ。そのためには、常に、関節を伸ばし切らない状態でいたほうがいい。

「あの、二代目夢妙斎――かなりやるようだな……」

真田が言った。

「わかる？」

「ああ……。これでも、レンジャーで空手をみっちり仕込まれたんだ。三段程度の実力はあるつもりだ。実戦も経験している」

「格闘技には眼が利《き》くというわけね」

「そのつもりだ。まず、あの両手だ。ただ、下に垂らしているだけのように見えるが、わずかに手首が前のほうへ返っているだろう。たったそれだけのことで、両手は攻撃にも防御にも使いやすくなる。つまり、隙《すき》がないということだ。そして、あの半身の構え——相手に対して理想的な角度だ」

「気づいたのはそれだけ？」

「柔らかい膝のタメ。自然な立ち幅……」

「ほかには？」

真田は、恵理の顔を見た。恵理がまたいたずらっぽく笑っているものと思っていた。

恵理は真剣な眼をしていた。

真田は戸惑い、恵理に問い返そうとした。そのとき、観客席の前方で喚声が上がった。

ショーン・ベックが先に仕掛けたのだった。

ショウアップを強《し》いられるプロスポーツマンのショーン・ベックは、日本の古武道にありがちな睨《にら》み合いの状態に耐えられないのだ。

また、なぜ相手が手を出さずにただ様子を見ているのか——その意味がわからないのだ。

ショーン・ベックは、鋭い左右のワンツーから右のハイキック、さらには、右のバックスピンキックへとつないだ。

二代目夢妙斎は、上体をわずかに左右へそらし、マットの上に円を描くような足さばきで、後方へ退《さが》った。

ショーン・ベックの攻撃はすべて空《くう》を切った。

ベックは、構え直し、小刻みにジャンプを続けた。

二代目夢妙斎は、さきほどと同じ構えを取った。今度は右手を軽く前に掲げている。てのひらは開いたままだった。

ベックが、左のフェイントを出して、ランニングキックを見舞おうとした。

二代目夢妙斎の体がすっと前に出た。掲げていた右手がショーン・ベックの胸に触れた。

その瞬間、ベックは後方へ大きく弾《はじ》き飛ばされ、ひっくり返ってしまった。

ショーン・ベックは何が起きたのかわからないといった顔で、尻もちをついた恰好のまま、二代目夢妙斎を見上げていた。

レフェリーがカウントを取り始めた。

ベックは起き上がり、ダウンではない、とレフェリーに訴えた。

レフェリーは、二代目夢妙斎の技を認め、ショーン・ベックの抗議を聞き入れなかった。

多くの観客には何が起こったのかわからなかった。しかし、真田にははっきりとわかった。

彼は驚き、思わずつぶやいていた。

「あれは……」

恵理が真田のほうを見た。真田は彼女の顔を見つめた。「今のは、確かに山の民の『打ち』……」

「そう」

「しかも、ほとんど触れただけに見えたのに、相手がふっ飛んだ……。よほど熟達している証拠だ」

恵理はうなずいた。

「おそらく、二十年以上の習練を積んでいるわ……」

「そうか……」

　真田は気づいた。「二代目夢妙斎の構えのことを言っていたんだな。ほとんどの徒《と》手空拳《しゅくうけん》の武術、格闘技は、利き手と逆のほうを前にした半身になる。つまり、ほとんどの場合、左足が前にくる半身の構えを取るわけだ。だが、山の民の拳法は逆だ。利き手が前に来るわけだ」

「そういうことよ」

「俺は、二代目夢妙斎が、単にサウスポーなだけかと思っていた。だが、そうじゃなかったというわけか……」

　恵理はうなずいた。

　試合が再開され、真田はリングに注目した。

　ショーン・ベックは、理解できないながらも何ごとか悟ったように見えた。にわかに用心深くなったようだった。

　さかんに、フットワークを使って、間合いを変え、ジャブで牽制《けんせい》した。

　ジャブは、一発もヒットしなかった。

　ショーン・ベックの形相《ぎょうそう》が変わってきた。白い肌が赤く染まっていく。彼はいら立ち、怒っているのだった。

ベックは、さっと踏み込んですばらしい速さの連打を放った。

ジャブ、フック、クロスアッパーのコンビネーションが、一瞬のうちに繰り出された。

二代目夢妙斎は、間一髪《かんいっぱつ》でかわしたが、初めてロープ際に追い込まれた。

ショーン・ベックはリングでのかけひきに慣れていた。

ロープを背にした二代目夢妙斎に向かってベックは、右のハイキックを見舞った。

二代目夢妙斎の体がすっと沈んだ。

真田は、彼がハイキックをかわすために、身をかがめたのだと思った。しかし、それだけではなかった。

二代目夢妙斎は、そのまま両手をマットにつき、後方に左足を突き出した。その踵《かかと》が、ショーン・ベックの軸足に決まった。

ハイキックのフォロースルーの状態にあったベックは、簡単にひっくり返った。

二代目夢妙斎は、立ち上がり、ベックを見下ろして笑顔を見せた。

「何だ、今のは?」

真田がリングを見つめたまま言った。恵理がこたえた。

「『転び蹴り』の一種よ」

「『転び蹴り』？　やはり山の民の技なのか？」

「ええ。つまずいて転んだような状態から、その勢いを利用して蹴るの。今のように、後方へ蹴る方法もあれば、前に蹴り出すやりかたもあるわ」

「たいていはカウンターの蹴りになる。威力がありそうだな……」

「膝を狙えば、一撃で相手を動けなくできるわ。今は、腿《もも》を狙ったからひっくり返っただけですんだけど……。でも、腿には大きなダメージが残ったはずよ」

恵理の言うとおりだった。

ショーン・ベックの軽快だったフットワークがやや鈍《にぶ》ってきていた。

チャンピオンだけあって、ショーン・ベックはそのダメージを巧みに隠そうとしていた。足はまったく痛めていない、とばかりに、蹴りのフェイントまで出して見せた。

ショーン・ベックは、やがて、そういったポーズが必要ないことに気づいた。

たいていの試合では、対戦相手はダメージを受けたところめがけて攻撃を集中してくる。しかし、二代目夢妙斎は、自分からは攻撃しようとしないのだった。

ベックは、無理なフットワークをやめ、ダメージが去るのを待った。

ふたりは、また睨み合いの状態になった。

リングサイドから、いくつか野次《やじ》が飛んだ。

夢妙斎はいっさい気にした様子はなかった。しかし、ベックは違っていた。

チャンピオンのプライドが野次を許さなかった。彼は、ちらりと残り時間を示す電光掲示板を見た。

残り二十秒を切っていた。

ショーン・ベックは、左ショートフック、右ロングフックと続けざまに発しながら、滑《すべ》るように間を詰めた。

夢妙斎はパンチの数センチ先で見切っている。

ショーン・ベックは、痛めていないほうの足——右足でマットを蹴った。そのまま宙で身をひねり、左の踵を鋭く回して夢妙斎に叩き込んだ。

チャンピオンの意地をかけて放った大技、ローリングソバットだった。

空手では飛び後ろ回し蹴りと呼ばれる技だ。

ショーン・ベックは、一ラウンドの終了までに、観客にアピールする必要があった。プロのショウビジネスに生きる者の宿命だった。

ベックのローリングソバットは、ふくらはぎから下を浴びせるように叩きつけるスタイルだった。

しかも、ロープ際に追い込んでいたので、二代目夢妙斎にまったく逃げ道はなかった。

夢妙斎は、逃げなかった。

彼は、ショーン・ベックがジャンプした瞬間に、一歩踏み出していた。

ベックの蹴りが激突するよりほんの一瞬早く、夢妙斎の右手がベックのボディーに触れていた。

信じ難い光景だった。

ショーン・ベックの体がリングを横切り、向かい側のロープまで吹っ飛ばされたのだった。

ベックは、ロープに弾かれ、勢いよく前のめりに倒れた。そのまま起き上がろうとしなかった。

レフェリーは、一度カウントを取りかけたが中断し、さっとベックのかたわらに片膝をついた。

そして、頭上で何度も両手を交差させて、試合終了を告げるゴングの催促《さいそく》をした。

すぐにドクターが呼ばれた。

正式に二代目夢妙斎の勝利が告げられる。観客席から歓声や拍手は聞かれなかった。重々しいざわめきが会場中に流れただけだった。

正式ノックアウト・タイムは、一ラウンド一分五十八秒だった。


客が帰り始めたが、真田は席に着いたままだった。

彼は、まだリングを見つめていた。

「たった一発の『打ち』で試合を決めちまった」

「相手がジャンプした瞬間を狙ったんだわ。だから、チャンピオンの体はあんなにふっ飛んじゃったのよ」

「それにしてもすごい破壊力じゃないか……」

恵理はこたえなかった。

「ようやくわかったよ」

真田は恵理のほうを見た。「どうして君が俺を、こんな異種格闘技戦に誘ったのか」

「興味あるでしょ。主催者でしかも出場者が、あの雷光教団の二代目教祖だというんだから……」

「しかもその男が、山の民の拳法を使う……」

「そう」

「知っていたのか」

「彼の道場をのぞきに行ったことがあるの。そのときに気づいたわ」

「二代目夢妙斎はどこであの拳法を身につけたのだろう？」

「わからないわ」

「彼も山の民なのか？」

「わからない」

「何もわからないのか？」

「そう。だから、真田さんを誘ったのよ」

「なるほど」

真田は小さく溜め息をついてから立ち上がった。

2

真田武男は、恵理が下宿している目白の神社まで彼女を送りとどけ、ＪＲ飯田橋駅までやってきた。

目白通りを九段の方向へ歩き、やがて、右手に立つビルへ入って行った。

このあたりは、賑《にぎ》やかな通りなのだが、華やかな時代をとうに通りすぎて疲れてしまったような、どこか色あせた表情を持っていた。

真田が足を踏み入れたビルは、まさにこの街路にふさわしい古くすんだ色をした建物だった。

入口に、真鍮《しんちゅう》の浮き彫りで作られた看板がかかっており、それは『タカダ・ビル』と記されている。

文字のひとつひとつに、厚く埃《ほこり》がたまっている。

狭い入口を入ると薄暗いホールで、左手に階段があり、正面に小さなエレベーターが一基だけある。

真田はこすれて文字が消えてしまっているボタンを押した。大きな音を立ててエレベーターのドアが開いた。

エレベーターはのろのろと昇り、四階で止まった。

廊下はいつものように湿った臭いがした。暗い廊下だった。鉄線入りのガラス窓が左手の壁に並んでいるが、夜はもちろん、昼間でも、あまり明かり採りの役には立っていなかった。

安っぽい蛍光灯が廊下を照らしているが、そのほとんどの両端が紫色に変色して、またたいている。

真田は、そんな環境にはもう慣れてしまっていた。今では、気になるどころか、このねぐらに戻ると安らぎすら覚えた。

彼は、四〇九号室のドアに鍵を差し込んだ。

とたんに、彼の表情が厳しくなった。

鍵があいていたのだ。彼は、鍵を抜くと、ドアの脇に身を寄せた。鉄製のドアは、廊下の側へ開く。

真田は、静かにノブを回してわずかにドアを開いた。明かりがついていることがわかった。

待ち伏せしているにしては、間抜けなやりかたに思えた。しかし、相手にそれだけの自信があるのかもしれない。あるいは、敵が複数で銃を持っている場合も考えられる。

真田は、自分の部屋のなかの様子をあらためて思い描いた。当然、家具の配置は正確に覚えている。

彼は大きく深呼吸してから、ノブを勢いよく引いた。

ドアが開く。その瞬間に部屋に滑り込んで床に身を投げ出した。

床を転がりながら、周囲の様子を素早く観察した。

ナラ材の机があり、その椅子に、ひとりの男が腰かけているのが視界の隅に映った。

真田は片膝をついて身を起こしたところで動きを止めた。

椅子にすわっている男が、目を見張って拍手をした。

「ブラボー」

真田は苦い顔で、ゆっくりと立ち上がった。

「ザミルか……」

その男は、明らかなユダヤ人の特徴を持っていた。

広い額に、鷲鼻《わしばな》、ちぢれた黒髪そして、悲しみをたたえた茶色い瞳――その眼から悲しみの色が消えることは滅多になかった。

身長は百七十センチ。やせ型で、常に、いくぶんか背を丸めている。

彼の名は、ヨセレ・ザミル。英語式に発音すると、ジョッセル・ザミアーとなる。イスラエル大使館の正式な事務官だった。

「見事な身のこなしだが――」

ザミルは、なめらかな日本語で言った。「いつも、ああやって帰宅するのか？」

真田はドアを閉めた。部屋にひとつしかない椅子を占領されていたのでベッドに腰を下ろした。

「俺はあんたにこの部屋の鍵を渡した覚えはないんだがな……」

「そう。私にもそういった趣味はない。ただ、出直してくるのが面倒で、部屋で帰りを待たせてもらったのだ」

真田はドアをちらりと見やった。

「なるほど、あんたにとっては、あんな鍵は子供のおもちゃのようなものだろうな」

ザミルは何も言わずただ肩をすくめて見せた。

ヨセレ・ザミルは、イスラエル大使館事務官のほかに、もうひとつの顔を持っている。

世界で最も優秀だと言われているイスラエルの諜報機関モサドのエージェントであり、本国においては少佐の位を持っていた。

「俺の帰りをぼんやり待つほどの暇が、今のあんたにあるとは思わなかったな」

「君の言うとおり。私たちは眼が回るような忙しさだ。それに、たいへん神経質になっている」

「わかるよ。あんたの国としては、何としてもイランとイラクに戦争をやめてもらいたくはなかったのだろうな」

「少しは、私たちの戦い——中東問題に詳しくなったのかね？」

「いや、あまり変わっていないと思う。だが、今や、世界中の人間がイスラエルとアラブ諸国の動向に注目している」

ザミルはおだやかにうなずいた。

「そう。中東情勢は、イラン・イラク戦争停戦によって、いっそう危険になった。私たちモサドは信じられんほどの激務を連日強《し》いられている。そこで、君に頼みがあるのだ」

「『新人類委員会』のことだな？」

「そのとおり。『新人類委員会』の本当の代表者が、元ナチス副総統のルドルフ・ヘスだということまで私たちはつきとめた。そして、年々彼らがその組織を拡大充実させているのは明らかだ。『新人類委員会』は、すでに西ドイツ国内のネオナチなど極右団体を傘下《さんか》におさめているらしい」

「だが俺は、海外へは行けないよ。俺の守備範囲は、国内だけなんだ。しかも、今の俺には何の権限もない」

「だが、ひとたび首相が宣言を発すれば、君は、自衛隊をも自由に動かせるほどの絶大な権限を手に入れられる――違うかね」

「そうさ。だが、それがいつどういう形でやってくるかわからない」

真田武男はかつて、千葉県習志野《ならしの》駐屯地の第一空挺団《くうていだん》普通科第二中隊に所属する一等陸尉だった。

彼は、ある日突然、三等陸佐の階級を与えられ、除隊させられたのだった。

彼を除隊させたのは、陸幕第二部別室の室長、早乙女隆一《さおとめりゅういち》だった。

真田は慎重に選ばれた人物だった。

陸上自衛隊を除隊させられた彼は、陸幕第二部別室の下に特設された『特殊防諜班』に、秘密裡に配属された。

『特殊防諜班』のメンバーは、早乙女隆一に真田武男の二名だけだった。

「すぐに、命令は下ることと思うよ」

ザミルが意味ありげに笑った。

「何をたくらんでいるんだ？」

「私が計画しているわけではない。君の国と私の国の関係が、おそらくは君を動かすだろうということだ」

「あんたが言うのだから、本当なのだろうな……」

真田は苦い顔をして見せた。ザミルはあっさりと無視した。

「それに、さきほど君が言ったこと——君の活動が今のところ日本国内に限定されていることは問題ではない。『新人類委員会』の目的は、あくまでユダヤの『失われた十支族』の末裔《まつえい》を抹殺することであり、今のところ、その末裔の血は日本にしか伝わっていないことになっている」

「芳賀一族……」

「そう。君は、いつものように、芳賀舎念《しやねん》や芳賀恵理を守るために『新人類委員会』と戦えばいいだけのことだ」

芳賀舎念は、出雲《いずも》の三瓶《さんべ》山《さん》中に住む老人だ。一般には、その名はそれほど知られていないが、芳賀舎念こそ、日本の霊能者の頂点に立つ人物だった。

多くの民間霊能力者、神道《しんとう》系の祈禱《きとう》師《し》、陰陽師《おんみようじ》、修験者《しゆげんじや》などが彼の門を叩いて教えを乞《こ》うている。

芳賀舎念は神道系の霊能者だが、世にいう正当な神道とは別系統だった。延喜《えんぎ》式《しき》の神名《じんみようちよう》帳は、全国の官社二千八百六十一社の国郡別一覧表だが、芳賀家が祭る社《やしろ》は、この官社のどの系統にも属していない。

また、明治政府による祭政一致政策や、第二次大戦後の占領軍による政教分離政策などの動乱とも芳賀家は無縁だった。

芳賀舎念と政府は、不可思議な結び付きがあった。新首相が就任《しゆうにん》する際に、必ず芳賀舎念のもとを訪れ挨拶《あいさつ》をするのが習わしになっているというのだった。

この習慣は、いつから続いているのか、知る者はほとんどいなかった。

芳賀舎念の高い霊能力は、隔世《かくせい》で、孫娘の恵理に受け継がれていた。舎念の息子、邦也《くにや》とその妻は、島根県松江市に住んでいる。芳賀邦也は、平凡な地方公務員としての人生を送っているのだ。

恵理は、遠い親類に当たる目白の神社の神主の家に下宿し、東京における芳賀舎念の代理人をつとめているのだった。

真田は、ふと考えてからザミルに言った。

「俺たちが初めて出会い、また、芳賀舎念や恵理と知り合うきっかけになった事件、覚えているだろうな」

「当然だ。雷光教団という新興宗教団体の教祖が殺されたのが事件の発端《ほったん》だった」

「その雷光教団なんだが、このところ、急に妙な動きを見せているらしい」

「妙な動き？」

「芳賀恵理によると、急速に組織を拡大し、日本古来の文化の再興を図《はか》るという名目で、いろいろなデモンストレーションをやっているということだ。武術もそのひとつで、今夜、二代目教祖が主催し、自ら出場する異種格闘技戦を見てきたところだ」

「異種格闘技戦？」

「異なったジャンルの格闘技を身につけた者同士が戦うのだ。二代目教祖の相手は、マーシャルアーツのチャンピオンだった」

「その二代目教祖というのは、日本の古武術で相手をしたわけか？」

「山の民の拳法だ」

いつも無表情なザミルの顔に、驚きの色が浮かんだ。

「……で、結果は？」

「一ラウンド一分五十八秒、KO勝ち。たった一撃だった」

ザミルは考え込んだ。

「芳賀家と山の民の関係を、いつか聞いたことがあったな……」

真田はうなずいた。

「山の民は常に、芳賀一族を守り続けてきた。芳賀舎念は、この俺も山の民の血を引いていると断言した。俺が芳賀舎念や恵理を守るために戦うようになったのも、偶然ではないと彼は言っていた」

ザミルは、思い出したように言った。

「二代目教祖というのは、初代教祖の弟子で、教団を継ぐために芳賀舎念のもとで修行をした男じゃないのか？」

「桜田羅門《さくらだらもん》か……。いや、別人だった」

「どう思うね、その二代目教祖というのは？」

「わからん。あるいは、山の民の末裔で、芳賀一族が『新人類委員会』に狙われているということを知り、雷光教団を一種の防衛組織のようなものにしようと考えたのかもしれん」

「雷光教団は確かに芳賀舎念と浅からぬ関係がある……」

「そう。初代教祖の東田《ひがしだ》夢妙斎は、芳賀舎念の影響を強く受けていた。そのために『新人類委員会』に殺されるはめになったわけだが……」

「サナダ。それで、君はどうするつもりなんだ？」

「芳賀恵理は、俺に雷光教団のことを調べてもらいたいようだったな」

ザミルはうなずいた。

「私も気になる」

そのとき、電話のベルが鳴り始めた。

真田の部屋には、二台の電話がある。一台は机の上に置いてある通常回線の電話、そしてもう一台は、机の一番下の引き出しに入れてある、赤い特別の電話だった。

こちらの電話には番号ボタンがついていない。陸幕第二部別室室長、早乙女隆一との直通電話なのだ。

今、鳴っているのは、引き出しのなかの赤い電話だった。

真田はザミルに言った。

「あんたの言うとおりになったようだな、ザミル」

「別に不思議はない。私はこれで消える。申し訳ないが、中東事情のせいで、今回、モサドは君の手助けができない。それを言いに来たんだ」

「礼儀正しいんだな」

「ユダヤ人だからな」

ザミルはドアから出て行った。

真田はドアに鍵をかけ、引き出しから赤い電話を出した。

受話器を取ると、すぐに早乙女の声がした。

「これからそこへ行く。待機していてくれ」

「ひとの部屋を訪ねるときの挨拶とは思えない言いかたですね」

「これからシャンパンと花束をかかえてお邪魔したいのだが――これでいいかね」

「緊急措置令が首相から下ったわけですか？」

「まあ……。詳しいことは、そちらへ行って話す」

「電話で命令すればすむことじゃないですか」

「いつも、直接会って話し合っていると思うが、違ったかな？　私が行くとまずいことでもあるのか？」

「別に何も。ただ、今まで客がいたのです」

やや間があった。

「ヨセレ・ザミルじゃなかろうな……」

「そのとおりですよ。冴えてるじゃないですか」

「いつものことだ。実は、今回の緊急措置令もイスラエルがらみなんだ」

「ザミルが裏工作でもしたのですか？」

「いや。もっと高度な政治的折衝《せっしょう》の結果だ」

「高度な政治的折衝の結果……。今の首相は、前首相と違って、俺たちのようなうさん臭い組織を嫌っているものと思っていましたがね……」

「そう。一度は、『特殊防諜班』をつぶそうとした。しかし、君が芳賀舎念老人の危機を何度も救っていることを知って考えが変わったのだ。現在の首相は島根県出身だ。そういうわけで、歴代のどの首相よりもよく芳賀老人のことを知っている」

「芳賀家のことについて、俺のほうからも話があります」

「三十分で行く」

電話が切れた。

真田は、窓に近寄って外を見た。四〇九号室の室内は、ビルの外観に比べると、ずっときれいだった。

真田が入るときに、床はすべてすべすべの天然木材に張り替えられ、壁にも新しい内装材が張られた。

ナラ材の机と、どっしりした感じのシングルベッドが用意され、全体的に落ち着いた感じがした。

この部屋は早乙女が用意したものだが、真田は早乙女の趣味を認めざるを得なかった。

机の上の古風なスタンドライトだけが点《とも》っていた。

真田は、眼下の目白通りを眺めながら、さきほどの後楽園ホールでの試合を思い出していた。

そして、二代目夢妙斎が自分の味方であってほしいと願った。

それは、単に彼が敵に回すとやっかいな人物だからというだけではなかった。

話でしか聞いたことのない山の民——真田は、自分の同胞を初めて発見したのかもしれないのだ。もしそうだとしたら、真田にとってはたいへんな喜びだった。

山の民は、現在の日本人の祖先が大陸から渡ってきたときに、戦いに敗れ、山に入った民族だと言われている。日本の先住民族と言っていい。

誇り高い彼らは、長い長い歴史を通じて、日本のいかなる政府にも屈したことがなかった。

戸籍を持たず、山から山へと氏単位で移動を続けるのだという。

山の民の男は、十三歳になると春のうちに丹波へ行って、『身知り《みしり》』という訓練を受けることになっている——いつか、芳賀舎念が真田にそう語ったことがあった。

『身知り』には、七つの法《コリ》が含まれている。

軽身《かるみ》の術、暗中を進む術、防御技、攻撃技、手裏剣投げ、狼煙《のろし》や石文字など秘密連絡の術、そして、隠身や忍び込みの術の七つだ。

戦国時代には、武将たちが、この特殊な能力に目をつけ、乱破《らっぱ》衆などと呼んで利用したことは一般によく知られている。

後に、そのなかの一部の人々が特殊化して、『忍び《しの》』となったのだと言われている。

一方、山の民のなかで、狩猟を生業《なりわい》の中心としていった人々もいる。マタギだ。かつては、日本中の山中にいたマタギも、今は、奥羽山脈あたりでしかその姿を見ることはできない。

真田は、そういった人々の血脈を意識し始めていた。

彼は孤児だった。

三十年前、あるハイカーが、秩父《ちちぶ》山系の谷で、獣皮と襤褸《ぼろ》にくるまれた赤子を見つけた。幼児は保護されると、すぐさま衰弱状態から回復した。

身寄りの者は発見されなかった。

彼は、養護施設にあずけられ、そこで、真田武男と名づけられたのだった。真田というのは、施設の院長の姓だった。

なぜ自分が谷に残されていたのか彼は知らない。

しかし芳賀舎念によると、一族に危機が迫ると、山の民は老人や赤子を置き去りにして、逃走することがあるという。

それは、決して山の民が弱者を見殺しにするというのではない。山の神にいったんあずけるのだ。

別の山の民の一氏族が、そこを通りかかったら、残されていた老人や赤子の面倒を責任を持って見る習わしになっているという。

真田は、二代目夢妙斎の顔、体つき、そしてその技をひとつひとつ思い出していった。

そして彼は、二代目夢妙斎に近づいてみる決心をした。

3

いつものとおり、電話で言ったようにきっかり三十分で早乙女が現われた。

真田は、ドアに付いている魚眼レンズで彼を確認し、チェーンを外した。

ドアを開けると、滑るような足取りで早乙女隆一が部屋に入ってきた。

彼はいつものようにピンストライプの入ったグレーフラノの三揃いを着ていた。やせ型で背広がよく似合った。

わずかの乱れもなくオールバックに固められた頭髪や、柔らかい物腰は、弁護士のような印象を与える。

それは、早乙女が苦労して作り上げた表向きの人格だった。四十三歳という年齢が、自分の職業や身分を外ににおわせないことを可能にしていた。

陸幕第二部別室というのは本来は無線の傍受、分析の組織だ。この組織で日夜無線に耳を傾け、また暗号の解読に励んでいるのは自衛隊の制服組や文官だが、主要幹部のほとんどは、総理府や警察庁、外務省などから出向する背広組だと言われている。

早乙女隆一も例外ではなかった。

彼は、かつて警察庁の警備部で腕をふるったキャリア組で、警視正の階級のまま、第二部別室室長をつとめていた。

早乙女隆一は、まっすぐに進んで、この部屋でただひとつの椅子に腰を下ろした。

真田は壁にもたれて立ったまま、腕を組んだ。

「シャンパンと花束が見当たらないようですが……」

「そうか……。何か忘れていると思っていたんだ」

真田は肩をすぼめた。

「まあ、ひとの部屋に勝手に入って帰りを待っているやつもいますからね。あらかじめ電話をかけてくれただけでも大目に見てあげましょう」

「ザミルは何と言っていたんだ？」

「自分は、中東情勢にかかりっきりになる。じきに、緊急措置令が下りるはずだから、『新人類委員会』のことを頼む――そんな意味のことを言ってましたっけ……」

「なるほど……」

「……で？　今回の緊急措置令がイスラエルがらみだというのは、どういうことです？」

「第五次中東戦争だよ」

「ほう……。やはりイラン・イラク戦争の停戦が尾を引いているわけですね」

「そのとおり。ヨセレ・ザミルが中東情勢にかかりっきりというのも当然だろう。今、モサドはフル稼働を強いられている」

真田はうなずいた。

「今や、世界中の人間が中東に注目しています。イラン・イラク戦争停戦後、イラクやこれまでイラクを支援していた湾岸諸国が、すべて対イスラエル戦線に復帰する。イスラエルの考えひとつで、第五次中東戦争がすぐにでも起こる状況になってしまったというわけですね」

「そう。イラン・イラク戦争停戦のまえから、中東諸国は、長距離ミサイルの導入合戦を展開していた。サウジアラビアは、射程三千二百キロという中国製ミサイルCSS2の購入を決定し、シリアは同じく中国製のミサイルM9の購入交渉をするというありさまだった。シリアは、射程三百キロのソ連製ミサイルスカッドBと射程百二十キロのSS21を持っているが、M9を加えることで攻撃力に多様性が出てくることになる。また、リビアがブラジルと射程一千キロの地対地ミサイル購入を交渉しているという情報が明らかになったりもした」

「中東ミサイル戦争はすでに始まっているということですかね」

「問題は、サウジアラビアが導入したＣＳＳ２には核弾頭を、またシリアが購入したＭ９には化学兵器を、それぞれ搭載することが可能だということだ。第五次中東戦争が起これば、過去の四回とは比べものにならない大きな影響を世界に与えるだろうと言われている。もちろん、わが国も信じられんほどの被害を受けることになるだろう」

「石油ですか」

「そう。第四次中東戦争のときのパニックを覚えているかね？　人々がトイレットペーパーを買いあさったあの騒動だ。今度、中東戦争が起こったら、あの程度の騒ぎではすまないと言われている。イスラエルはアラブ諸国のミサイル基地をはじめとする軍事施設とともに、石油関係施設をも破壊しようとするだろう。石油が今もって、戦略物資としての力を持っているからだ」

「簡単に言えば、アラブ諸国は、石油を欲しがっている先進国を味方にすることができると……」

「イスラエルがアラブ諸国の石油施設を攻撃したら、わが国にはアラブから原油が一滴も来なくなるわけだ。現在、日本には百四十日分の備蓄しかない。どうなるか推《お》して知るべしだ」

「で、日本の政府はどう対応しているのですか?」

「アラブ、イスラエル双方の機嫌を取ることしかやることがないのさ。イラン・イラク戦争は、両国をひどく疲弊《ひへい》させた。イランなどは、停戦から復旧に二十年かかると言われている。復興に要する費用は二十兆円から三十兆円と言われている。日本は、経済的な援助を積極的に行なわざるを得ない。その一方で、イスラエルにも頭を下げなければならない。つまり、石油関連施設への攻撃は極力避けるように、と頼み込むわけだ」

「イスラエルとしては聞く耳を持たない、という気分でしょうね。一国の戦略や戦術に他の国が口を差しはさむわけにはいかない。イスラエルにしてみれば、自分たちは戦いのまっただなかにいて、日本などのほほんと暮らしている国に見えるでしょうからね」

「だが日本としては、言うべきことは言わなければならない。恥も外聞もなく一度はアメリカに泣きついたが、アメリカは、純粋に日本の国内問題だといって取り合わない。実際のところ、第四次中東戦争までは辛《かろ》うじて米ソのコントロール下にあったのだが、すでにアメリカは、当時ほどの影響力を中東に対して持っていないといわれている」

「もはや、アメリカにもどうしようもないというわけですか？」

「そこで日本は、科学、経済、政治のあらゆるレベルでイスラエルに働きかけた。イスラエルは、さまざまな条件を出してきたが、そのなかのひとつが、『新人類委員会』に関することだった」

「ほう……？」

「もちろん、この件は極秘の外交ルートを通って伝えられてきた。イスラエル政府は、日本のエージェントがモサドと協力して『新人類委員会』と戦っていることを知っていた。つまり、君とザミルのことだな。イスラエルにとっては、ナチスの研究に端を発し、ヒットラーの遺志を受けついだルドルフ・ヘスの率《ひき》いるテロ組織――『新人類委員会』を許すわけにはいかないのだ。そこで、イスラエルは条件のひとつに、日本の政府が『新人類委員会』を壊滅させるために協力することを挙げたわけだ」

「それで総理は、その件を俺とあなたに一任したというわけですか？」

「まあ、これまでの実績を評価してくれたと考えればいいだろう」

「『特殊防諜班』の人員を増やすとか、銃の所持を認めてくれるとか、そういったこともないままで、ですか？」

「私が、その必要はないと判断したんだ。君は今のままで充分やっていける。だいいち、君は、緊急措置令が発せられた段階で、警察を除く、あらゆる政府機関の人間を好きなだけ動かすことができるんだ」

「銃の件はどうなんです」

「所持は認めないが、君はいつだって派手な銃撃戦を演じてきたじゃないか。ま、正当防衛は認めるがね……」

「わかりました」

「芳賀家について、君のほうから話があると言っていたな？」

真田はヨセレ・ザミルに語ったのとまったく同じことを早乙女に話した。

早乙女は、話を聞き終わるまで一言も発しなかった。真田が話し終えた。

短い沈黙があり、早乙女が言った。

「雷光教団か……。よく覚えている。……で、君は、その一件に『新人類委員会』が関係していると考えているのかね？」

「そうでないことを祈っています。なにせ、二代目夢妙斎を名乗る男は山の民の拳法のたいへんな使い手です。俺としては、雷光教団はあくまでも味方であってほしいと思っています」

「味方？　つまり、芳賀舎念を守るために、ともに『新人類委員会』と戦うための

「そうです。雷光教団の初代教祖は、芳賀舎念の教えを受けていました。そして、その初代教祖は『新人類委員会』によって殺されたのです。考えられないことじゃありません」

「どちらにしろ、『新人類委員会』がからんでいるかもしれんな……。私は、その二代目教祖の素性を調べてみることにしよう」

「驚いたな。勝手にひとりで調べろとは言わないのですか？」

「言わない。私たちはパートナーなのだ。おのおの得意な方法で仕事を分担するべきだ」

「感動のあまり、気を失いそうです」

早乙女は腕時計を見た。

「二二四〇時。緊急措置令を発令する。君は、現時点から、自衛隊を含む政府諸機関に対し、総理大臣の代理として命令を下すことができる。しかし、君に司法権はない。警察機構は、君の指揮下に入らない。君が調査活動中に違法行為をはたらき、それが摘発された場合、緊急措置令発令中であっても、君は法で裁かれることになる。それを忘れないように」

警察組織は、絶大な権限を持つ特命調査官・真田に対する安全装置なのだった。

「それで、今回の指令コードは？」

「『シャンパンと花束』」


翌日、午前十時に、真田は世田谷区瀬田にある雷光教団の教会を訪れた。

彼はいつものように、チャコールグレーの三つボタンのスーツにレジメンタルタイという出立ちで、靴はウィングチップをはいていた。

教会の様子は変わっていなかったが、真田は看板に気づいた。

「真雷光教団」となっている。「真」の字が増えているのだ。

真田は事務所へ行き、桜田羅門に会いたいと告げた。

教団職員は、言った。

「教祖は、十時半に教会に参る予定になっておりますが、お約束ですか？」

「いや……。約束はしておりませんが……」

真田は、教祖という言葉が気になった。

――桜田羅門が教祖だというのなら、あの二代目夢妙斎というのは何者なんだ？

――

口に出してそれを問おうかと思ったが、やめることにした。直接羅門に尋ねたほうがいいと判断したのだ。

「失礼ですが、どちらさまでしょう」

教団職員が尋ねた。

「桜田羅門さんの友人で、真田といいます。実は、出雲の芳賀老人の件でお話がありまして……」

芳賀老人という一言の効果は絶大だった。

教団職員たちの態度が急変した。

「芳賀舎念翁《おう》のゆかりのかたですか」

「羅門さんが――教祖さまが出雲へお出かけのときにごいっしょしたことがあります」

真田はすぐさま小会議室に通された。

この小会議室に、ザミルや恵理、羅門らが集まり、『新人類委員会』が雇った傭兵《ようへい》たちを迎え討ったときのことを思い出した。

あのときに比べると、真田はずいぶん多くのことを知ってしまったと思った。

それは多くのことを学んだことを意味するのだが、自衛隊にいたころと比べて、どちらが幸せだったかと考えた。

この世には、知るために勇気が必要な事柄がたくさんある。知らずにいたほうが心安らかでいられるということがたくさんあるのだ。

あれこれ考え合わせて、真田は、結局今のほうがいいと思うことにした。どっちみち、自衛隊時代の自分にはもう戻れないのだ。

それに、今の仕事を楽しんでいるのも確かだった。

真田は、雷光教団の二人の二代目教祖と、看板に新しく加えられた「真」の字のことについて考えることにした。

ただひとつの事実を物語っている。教団の分裂だ。

真田は、まず羅門を訪ねてみたのは正解だったと思った。

羅門は、教会に着くなり小会議室にやってきた。

恰幅《かっぷく》がよく、精力的な感じのする男だった。紺色の背広を着ている今、どう見ても、新興宗教の教祖というタイプではなかった。

彼は、真田との再会をたいへん喜んだ。

「そのせつは、言葉に尽くせぬほどのお世話になりました」

「あなたも苦労されたようだ」

真田は言った。「あれから長いこと、芳賀老人のもとで修行をなさったそうですが……」

羅門はうなずいた。

「一度は雷光教団の門を閉ざそうかとも考えました。もともと宗祖・東田夢妙斎の人柄に惹かれて人々が集《つど》い、できあがった弱小の宗教組織です。しかし、このままつぶしてしまっては、亡き宗祖に申し訳ない気がしましてな。この私が責任を持つ覚悟をしたわけです」

「初代夢妙斎が宗祖のときは、全国で三千人ほどの組織だった……。確かに弱小宗教組織だったと言えるでしょう。しかし、今では十万人に達する近代的宗教団体に成長したと聞いておりますが……」

羅門はゆっくりかぶりを振った。

「いやいや。夢妙斎の作った組織は昔のままですよ」

「雷光教団の頭に『真』の字がついたことと何か関係がありそうですね……」

「そう……」

「二代目夢妙斎を名乗る男と関係があるのですね」

「もちろんです」

「雷光教団は、二代目夢妙斎が率いる宗徒十万の組織と、あなたが率いる宗徒三千の組織とに分裂したというわけですね」

「そういうことです」

「二代目夢妙斎というのは、何者なのですか？」

「なぜそのようなことをお知りになりたいのですかな」

「芳賀恵理さんがたいへん関心を持ってましてね……。ということは、つまり、芳賀舎念翁も関心をお持ちだということなのでしょうが……」

「なるほど……」

「分裂のいきさつや、二代目夢妙斎のことについては、芳賀老人には話しておられないでしょう」

「話しておりません。わが宗派内部の問題だと考えておりましたから……」

「だが、芳賀老人や恵理さんは二代目夢妙斎のことを気にしておられます」

桜田羅門はうなずいた。

「実は、あの二代目夢妙斎の素性については、誰も詳しくは知らんのですよ」

「ほう……？」

「どこか海外から戻ってきたとのことですが、どこの国にいたのかも知りません。ある日突然、教会にやってきて入信したいと申し出たのです。こちらは断わる理由はありません。たいへん熱心な信者でした。しかし、その熱心さは異常なものだったのです」

「どのように異常だったのです？」

「自分は、前世で、夢妙斎の跡を継ぐべき縁にあった者だと主張し始めたのです。彼は、夢妙斎の教えを完全に把握し、それを発展させて信者たちに伝え始めました。今、思えばその言葉にさほどの真理があったとは言えぬような気がします。しかし、あの男には、独特のカリスマ性があった。宗教にとっては大切なことです」

「わかるような気がします」

「信仰というのは眼に見えぬものを信じることです。信じることで救われたいと願っている人々が宗教の団体に近づいてくるのです。カリスマ性というのは、そういう人々にとって大きな意味を持つのです。あの男は、初代夢妙斎も行なわなかったような方法で信者たちの心をつかんでいきました。すなわち、治療を施《ほどこ》したり、武術で大男を手玉に取って見せたりといった……」

真田はうなずいた。

「先日、後楽園ホールで試合を見て来ました。武術家としてもたいへんな実力があることがわかりました。治療というのは、いわゆる心霊治療といわれるようなものなのですか？」

「いいえ。そうではありません。もちろん、霊的な治療を行なえる人は、日本中に何人もおります。ですが、あの男の場合は、おそらくは、整体術のようなものだろうと思います」

「そういったあらゆる技術と知識を駆使して、彼は自分の支持者を増やしていったというわけですね」

「あの男は怪物です。お会いになってみるとわかることと思いますが……」

「怪物……」

「そう。おそろしい男です。私は、あの男を追放したかったができなかった。やむなく、組織を分けることにした次第です。あの男は、カリスマ性やさまざまな知識、技術に加えて、莫大な財力の後ろ楯を持っているようです」

「ほう……」

「今、彼は、本郷にあった初代夢妙斎の屋敷跡に、四階建てのビルを建てて、教団本部にしております。近々、霊場を探し出して、そこに大教会を建立することも計画していると聞きました」

「それで、彼の本名は？」

「本名かどうかはわかりません。最初に、教会へやってきたときは、広瀬晴彦と名乗っておりました」

「教会では信者のプロフィールを保存してはいないのですか？」

「名前、住所、生年月日――それくらいの記録しかありません」

「広瀬晴彦の記録を見せてもらえませんか」

羅門はじっと真田を見つめていたが、やがて言った。

「いいでしょう。本来ならば、信者のリストなど絶対にお見せできないのですが、芳賀老人の代わりに来られたということであれば……」

羅門は自ら事務所へ行って、一枚のカードを持ってきた。

真田は、そのカードに書かれていることを書き写した。

4

真田は真雷光教団を出ると、公衆電話を探し、ある特別な番号にかけた。

普段は「現在、使われておりません」というNTTのメッセージが流れてくるのだが、ひとたび、緊急措置令が発せられると、きわめて便利な電話番号に早変わりする。

専任の連絡官が二十四時間待機していて、どこにいようとも早乙女を探し出し、電話口に呼び出してくれるのだ。

呼び出し音一回で相手が出た。

「真田だ。早乙女さんをたのむ」

「お待ちください」

そのまま約三十秒待たされた。連絡官は、規定の手続きで、真田の声紋をコンピューターに照会しているのだった。

その後、回線がつながる音がして、早乙女の声が聞こえてきた。

「何かわかったのかね」

「たいしたことじゃありませんが……」

真田は、雷光教団が二つに分裂したことと、それに至るまでのいきさつを話した。

「君の言うとおり、たいしたこととは思えんな。たかが、一新興宗教の内部分裂と言ってしまえばそれまでの話だ」

「二代目夢妙斎がただの男ならば、の話ですがね……」

「今のところ、私のほうでは何もわかっていない」

「本名かどうかはわかりませんが、雷光教団に入信するときに名簿に記入されていた名前がわかりました。広瀬晴彦。昭和二十一年六月三十日生まれ。住所は、目黒区東が丘一丁目となっています。桜田羅門の話では、長いこと海外にいて、帰国して間もなく雷光教団を訪ねたそうですが……」

「わかった。調べてみよう。これから君はどうするんだね」

「そうですね。片方の言い分だけ聞くというのは不公平でしょう?」

「二代目夢妙斎を訪ねるというのかね?」

「ここのところ運動不足を痛感していましてね。汗を流すのもいいと思っていたところなのです」

「彼の新武術とやらの道場へ入門するつもりか?」

「そうして悪い理由はないでしょう？」

「そうだな。君が二代目夢妙斎の教えに心酔してしまわない限りはな」

電話が切れた。

真田は本郷へ向かった。


かつて東田夢妙斎の屋敷があった場所には、真新しい近代的なビルが建っていた。東田夢妙斎の死後、彼の屋敷は『新人類委員会』が雇った傭兵によって襲撃され、放火されてほぼ全焼していた。

敷地は放置されていたが、二代目夢妙斎が、あっという間に、その地に教団本部を建ててしまったのだった。

一階に受付と、武道場、そして治療院があった。

真田は『雷光新武術』と名付けられている武道を見学したいと受付の女性に申し出た。

真田は、名前を書かされ、その場で待たされた。

そのうちに、信者がひとり現われた。真田と同じくらいの年齢の男だった。髪を短く刈った精悍《せいかん》な男だ。

彼が真田に言った。

「どうぞ。ご案内します」

その男は、後楽園で二代目夢妙斎が身につけていたのと同じ衣装を身につけていた。

黒い袖なしの上衣に、しなやかな生地のズボン。膝から下は、キックブーツのなかにたくし入れている。

古武道の道衣というより、近代的な格闘技のユニフォームのような感じがした。

「いつもそのような恰好で練習するのですか？」

真田は尋ねた。

「そうです。時には、胴やヘッドギアのような面をつけることもあります」

道場に入ると、信者の男が言ったとおり、スーパーセーフという商品名で知られる、軽量で衝撃吸収力にすぐれた空手用の防具をつけている道場生がいた。

信者は言った。

「雷光新武術は、すさまじい破壊力をもっております。それゆえ、安全のため、稽古《けいこ》のときも、ああして防具をつけることがあるのです」

真田はうなずいた。

「先日の後楽園ホールでの試合を見ました。本当にびっくりしました。誰でもあのような破壊力を身につけることができるのでしょうか」

「宗祖さまを超えることはできないでしょう。宗祖さまは、神のお力をお借りして相手を倒すのだと言われています。私どもは、一歩でも宗祖さまに近づけるよう精進《しょうじん》するだけです」

「誰でも入門できるのですか？」

「雷光新武術を学べるのは、雷光教徒に限られています。世の真理を学ばぬ者が身につけるには、あまりに危険な武術ですから……」

「しばらく見学していてもいいですか？」

「いいでしょう。何か訊きたいことがあればどうぞ」

道場には同じユニフォームを着た信者が十五人いた。そのうち、四人が女性だった。

道場には太い柱が四本立っており、相撲《すもう》のてっぽうのように、ひたすら両方のてのひらでそれを突いている者がいた。

真田はそこを指差して尋ねた。

「あれは何をやっているのですか？」

「ああ、あれは『木立ち』といいましてね、雷光新武術の最も基本的な練習です」

「相撲みたいに見えますね。拳法の練習とは程遠い感じですが……」

「ああやって、木を突き続けることで、自然に、突きに体重を乗せることを覚えるのです。今、相撲と言われましたが、宗祖が調べ出したところによると、相撲は、かつて日本で広く行なわれていた『捽角《そつかく》』と呼ばれる拳法の名残だということです。本来の『捽角』は突きや蹴りを多用する拳法だったと言われています。もともとは北方ツングース系の格闘技だったそうですが……。平安時代に藤原氏によって、危険な打突《だとつ》技が取り去られ、今の相撲の原型ができたのだそうです」

「その後、『捽角』はどうやって伝えられたのですか？」

「は……？」

「つまり、宗祖がどこかでご覧になったわけでしょう？　だからこうして新武術として生まれ変わることができたのではないですか？」

「宗祖は、神によってもたらされた技だと言っております。おそらく、神が何かの必要があって宗祖にお示しになったのでしょう」

「ほう……。便利なもんですね」

信者はこたえなかった。

『木立ち』は、確かに山の民の拳法の基本練習としては理にかなっていると真田は思った。

山の民の『打ち』は、全身の関節を利用した体のうねりと、一瞬の体重の移動によって信じがたいほどの破壊力を生むのだ。

柱や立ち木に向かって、張り手やてっぽうのような訓練を積んでいると、自然と突きに体重を乗せる感覚が養われるはずだ。

サンドバッグが二本下がっており、それぞれにひとりずつが向かい、『打ち』の稽古をしていた。

ちょっと見ると、ボクシングのジャブのように見える。だが、ふたりとも、右手が前になるように構えている。

軽く突き出したように見えるが、『打ち』が当たるたびに、重そうなサンドバッグが大きく揺れるのだった。

確かにそれは、真田が芳賀老人に教わった山の民の『打ち』そのものだった。

信者は、真田の視線を追ってから説明を始めた。

「サンドバッグに向かってやっているのが、『居当《いあ》て』と言います」

「イアテ……？」

「そう。居合《いあい》抜きの居に、当て身の当てで、『居当て』。空手で言えば突きにあたる、『雷光新武術』の基本技です。見ただけでは信じられないくらいの威力があります」

二代目夢妙斎は、山の民の拳法の用語をそのまま使わず、技に独自の名前をつけて呼んでいることがわかった。

真田は、防具をつけて技を出し合っている連中に眼を移した。

空手で言う自由組手の練習だ。

蹴りは、ほとんどが踵《かかと》を使って蹴っているようだった。

一撃の『打ち』が、そして、一発の蹴りが防具に決まるたびに、相手は大きく弾き飛ばされる。

防具がなければ、一発で相手は戦意を喪失しているに違いないと真田は思った。

「防具をつけて戦っているのを『立ち合い』と言います。普通は、防具なしで『立ち合い』をやるのは禁止されています」

信者が説明した。

見ていると、ひとりがまるでつまずいたように床に両手をついた。しかし、その男は、両手と片膝をついた状態から片方の踵を鋭く蹴り出した。

踵は相手の膝に、ヒットした。相手はそのまま、もんどりうって倒れた。キックブーツで膝をガードしていなかったら、皿を割られていたかもしれない。

恵理が『転び蹴り』と呼んだ技に間違いなかった。

「今の蹴り技は？」

「ああ……。『草這《くさば》い』と言いましてね。おそらく、雷光新武術独特の足技でしょう。あの状態から、回したり、蹴り上げたりもできます」

「『草這い』ね……」

真田は『立ち合い』をしている者たちの動きをなるべく正確に記憶しようとした。武道の心得があるので、それは充分に可能だった。

「いかがですか」

食い入るように見つめる真田に、案内の信者が尋ねた。

「ぜひ一度学んでみたいと思います」

「そのためには、雷光教団に入信していただかなくてはなりません」

「宗教に興味がなく、この武術だけに興味がある場合はどうすればいいのですか」

案内の信者は、意味ありげに笑った。

「ここだけの話ですがね。そういう場合も、とりあえず入信しちゃうんですよ。他の活動は強制されませんしね……」

夕方、真田は目白にある神社に電話をして、恵理がいるのを確かめ、会いに行った。

住宅街のはずれにある小さな神社だが、ちゃんと拝殿と本殿が分れた神社の体裁《ていさい》を整えている。

拝殿に向かって右手に雑木林があり、左手に社務所兼神主一家の住居がある。

短い石段を登り、鳥居をくぐると、社務所のほうから恵理が駈けてきた。

「いつもながら驚かされるな」

真田は言った。

「何が？」

「俺が近づいてくるのがわかったんだろう？」

「電話をくれたでしょう。迎えに出ようと思ったところに偶然、真田さんがやってきたのよ——こう言っても、信じない？」

「信じない」

「おとなは素直じゃないからいけないわ」

「素直じゃない子供もいるみたいだがな……」

「……で、こんな時間に、その子供をデートに誘いにきたというわけ？」

「そうだな……。これから出雲へ行く気があるんなら……」

「出雲……？　三瓶山？」

「もし、君が知っていれば、行かなくてすむかもしれないが……」

「雷光教団へ行ってきたのね」

「心のなかを読んだのか？　それとも単に勘《かん》がいいだけか？」

「どちらでもないわ。普通に頭が働くだけよ。それで、どうだったの」

真田は、桜田羅門から聞いた話を伝えた。

話を聞き終えた恵理は、ふと暗い表情になった。

「そう……」

「そのあと、俺は二代目夢妙斎の雷光教団のほうへ行って、例の武術の道場をのぞいてきた。連中はあれを『雷光新武術』と呼んでいたがな」

「それで？」

「その点については君のほうが詳しいだろう。後楽園ホールで言ってたな。以前、君もあの道場をのぞきに行ったことがあると」

「ええ。私は間違いなく山の民の拳法だと思うわ」

真田は思案した後に言った。

「とにかく、妙なつながりがあるのは確かだ。ある男が、突然、雷光教団に現われ、半《なか》ば乗っ取るような形で独立した。その男は山の民の拳法の達人だ。雷光教団は、君のおじいさんの弟子のひとりである東田夢妙斎が創立した。そして山の民は、大昔から、君たち芳賀一族を守護する役割を担《にな》っていた……」

「そう。だから、真田さんにあの試合を見てもらいたかったのよ」

「山の民というのは、今でも実在しているのだろうか。それはいったい何人くらいいるのだろう。そして、今でも君たち芳賀一族を守る役目を果たしているのだろうか？」

「確実に言えるのは、今、私の眼のまえにひとりいて、事実、私たちを何度も危機から救ってくれたということね」

「俺は正統な山の民じゃない。山の民に育てられたわけじゃないからな」

「そうね……。山の民は、確かに今でも残っているわ。ひどく人数は減っているけれど、ずっと誇りをもって暮らしている。でも、私たち一族との関わりがどうなっているのかとか、どれくらいいるかということは、おじいさまに訊いてみないと……」

「やはりな……。これから飛べるかどうか、手配してみることにするよ」

「私も行くわ」

「学校はどうするんだ?」

「どうってことないわ」

「神社の人には何て言うんだ」

「おじいさまのところへ行くのよ。何の問題もないわ」

「なるほど……。実は、君がいっしょにきてくれるとありがたいのは確かなんだ」

「決まりね」

「ちょっと待っててくれ。電話をかけてくる」

真田は神社を出て、公衆電話を探した。すぐに電話ボックスが見つかった。

連絡官を呼び出し名乗ると、例によって声紋チェックをされた。

「用件をどうぞ」

声紋チェックにパスすると連絡官は言った。

「陸上自衛隊の東部方面隊司令部を呼び出してくれ」

「承知しました。お待ちください」

一度、電話は無音の状態になり、三十秒ほどして、回線のつながる音がした。

「東部方面隊司令部です」

「緊急措置令の発令を確認しているか？」

「確認しています。指令コードをどうぞ」

「シャンパンと花束」

「指令コード確認しました。ただ今から、陸上自衛隊東部方面隊は、貴官の指揮下にはいります」

「すぐに出雲の三瓶山へ行きたいのだが、交通手段を確保してもらいたい」

「しばらくお待ちください」

約三分間待たされた。

再び回線がつながり、東部方面隊司令部の担当官の声がした。

「立川から、連絡機を八尾《やお》まで飛ばすことにします」

「連絡機？　ＬＲ－１か？」

「そうです」

「確か、航続距離は千九百八十一キロ。最大速度は五百四十キロだったな……」

「そのとおりです。速く遠くへ行くためにはヘリより便利なはずです」

「八尾から出雲までが問題だな」

「心配にはおよびません。八尾からは、ＯＨ－６Ｄを飛ばします」

「わかった。これから立川に向かう」

「都内においででしたら、市《いち》ヶ谷《や》へいらしてください。車を出します」

真田はわずかに間を置いてから言った。

「ありがとう。そうさせてもらう」

電話を切って思った。

礼など言う必要はなかったのだ。しかし、彼は、ありがとうと言わずにいられなかった。

目的も聞かずに、ただ言われたとおりに足の便を用意してくれるかつての同僚たち。

しかも、彼らは、都心から立川までの車のことまで気づかってくれるのだ。

真田の任務は、常にそれほど重要なものだと知らされているに違いない。また、緊急措置令発令中の真田は、首相の代理人としての権限を持っていることを教えられているのだろう。

芳賀老人のところへ行くのが、果たして緊急の行動と呼ぶに値《あたい》するのかどうか、真田は考えた。

そして、結局、結論を出すのをやめた。

今回の指令内容は単純明快――イスラエル政府に対する点数稼ぎのために、『新人類委員会』と戦えというものだ。

ということは、芳賀舎念のもとに飛ぶのは、立派な任務のひとつだといえる。

『新人類委員会』は、芳賀一族の抹殺をもくろんでいるのだから――。

神社へ戻ると、恵理は、小さなデイパックを片方の肩にかけていた。

白いデニムのパンツに、ピンクのスウェット・セーター、白いスニーカーという出立ちだった。

「早いな。もう旅の準備ができたのか？」

「そ。最近の女の子は、身の回りのことでぐずぐずしたりはしないの」

「じゃあ、さっそく行こうか」

真田と恵理は、目白通りまで歩き、タクシーを拾って、市ヶ谷へ向かった。

5

LR－1連絡機は、三菱重工のMU－2型双発小型旅客機を軍用化したものだ。航空自衛隊のMU－2Sと同型の機だ。

通常はキャビン与圧装置をはずし、床に二台の大型特殊カメラを装備して偵察用に使用する。

カメラをはずして、五人分の座席を装備すればそのまま連絡用に使える。つまり、正副二名の操縦士の他、五名が乗れるのだ。

見かけは、ずんぐりとしているが、全体が流線型で新しさを感じさせる。ランディング・ギアは、セスナ機などと違って収納式になっているので、飛行中の姿は美しい。

また、離陸距離五百三十三メートル、着陸距離四百四十二メートルと、滑走距離が短い点が評価されている。

立川飛行場に待機していたLR－1は、紺色に塗られてあった。胴体の、後部座席の窓のすぐ前と、エンジンフードに、赤い線が引いてあり、その線のなかに白い文字で「危険・プロペラ」と書かれていた。

その他、いたるところに、「バッテリ」だとか「緊急」といった文字が記されており、恵理がおもしろがった。

「全部日本語で書いてあるのね」

「大切な注意書きだからな。わかりやすくなければ意味がない。かっこつけて英語で書いてあったってだめなんだ」

「飛行機の機体にこんなにごちゃごちゃ文字が書いてあるなんて知らなかったわ」

「航空自衛隊のジェット戦闘機になるともっとすごい。それこそ、機体中にびっしりと文字が書いてある」

真田と恵理が後部座席に収まると、エンジンの出力が上がり、機はタキシングを始めた。

滑走路の手前で止まり、管制塔からの指示を待つ。

やがて、無線から、「クリアー・トゥ・ランウェイ」の指示が流れ、LR－1連絡機は滑走を始めた。

やがて、双発のずんぐりとした機体は軽々と夜空へ舞い上がった。

副操縦士席の陸上自衛隊員が振り向いて言った。

「飛行時間は約一時間。八尾には八時に到着する予定です」

彼は、一等陸曹の階級章をつけていた。

真田はうなずいた。一等陸曹はすぐに正面に向き直った。

真田は恵理に向かって言った。

「おじいさんに連絡を取っていないが、だいじょうぶかな」

芳賀舎念は、三瓶山中の小さな庵《いおり》に住んでおり、そこには電話もない。

恵理はほほえんだ。

「だいじょうぶ。もう、私たちが三瓶山に向かっていることを知っているわ」

「俺が訪ねる目的も知っているのか？」

「たぶんね……」

真田は、苦い顔になった。

「なんだか、俺の行動が、いちいち、君や君のおじいさんに仕組まれているような気がするんだが……」

「あら」

恵理は平然と言った。「仕組んでいるのは、私やおじいさまじゃないわ。もっと大きな意志よ」

「神の計画だとでも言うのか？」

「そう。この世に偶然はないの。すべて必然なのよ」

「統計学者は、そうは言わんはずだ」

「いいえ。確率を学ぶ人は、皆、そのことに気づいているわ。むしろ逆よ。偶然という言葉の曖昧《あいまい》さは、どの学問でも敬遠されるはずよ」

「学があるんだな」

「芳賀舎念の代理人を見くびっちゃだめよ」

「なるほど……」

恵理は窓の外に眼を転じた。

端正な横顔が見えている。色が白い。こうして黙っていると、華奢《きやしや》な印象さえ受ける。前髪だけ眉のあたりで切りそろえ、あとの髪は長く伸ばして背に垂らしている。

たいへん美しい少女だった。ただ単に顔立ちが美しいだけではなかった。

真田は、もしかしたら、それは少女だけがもつ、ひどくはかない――それゆえに大切な美しさなのかもしれないと思っていた。

さなぎから出たばかりの蟬《せみ》は、ほんの一時、すきとおるような緑色をしている。それは触れることの許されない美しさだ。

ってくのだ。

恵理は、それに似た美しさを持っているのかもしれないと真田は思った。どんなにおとなびた口をきこうと、それは失われることはない。時だけがそれを奪っていくのだ。

副操縦士が言ったとおり、LR－1が八尾飛行場に着いたのは、午後八時五分前だった。

駐機場に着くと、すぐにドアが開けられた。外には、陸上自衛隊のヘリコプターパイロットの制服を着た隊員が立っていた。

「指令コードを確認します」

真田はLR－1から降りながらこたえた。

「シャンパンと花束」

「指令コード確認しました。プレゼントとしては粋な組み合わせですね」

ヘリコプターパイロットのヘルメットには、ヘッドセットのアームマイクや色の濃いゴーグルが付いている。

そのゴーグルのせいで相手の眼は見えなかったが、その男がほほえんでいるのはわかった。

真田も笑顔を返した。

「そうだろう。俺に似合っている」

「中部方面飛行隊のＯＨ－６Ｄは、現在から貴官の指揮下にはいります」

隊員は挙手の礼をした。そして、真田と恵理を案内した。「こちらです」

真田は、ＬＲ－１の操縦席に向かって手を振り、機を離れた。ＬＲ－１の操縦士は、軽く敬礼を返してよこした。

卵型のＯＨ－６Ｄ型ヘリコプターが、照明のなかに浮かび上がっていた。

四人乗り、巡航速度二百三十五キロの観測ヘリだ。

頭上の回転翼《ローター》はすでに始動している。パイロット席には迎えに出た者とまったく同じ制服とヘルメットをつけた操縦士がすわっていた。

三人は頭を低くして乗り込んだ。

迎えにきた隊員が地上係員に親指を立てて見せた。続いて彼は、パイロットにうなずきかけた。

ローターの回転が上がった。ＯＨ－６Ｄは三瓶山めざして飛んだ。

「どのあたりか、場所はわかりますか？」

ヘッドセットを通してパイロットの声が聞こえてきた。

真田は、下の地形を見た。真っ暗闇だった。しかし、彼の眼には闇は気にならなかった。真田は、昔から暗視力に長《た》けていた。

「だいたいわかる。西側の斜面だ」

ヘリコプターは、速度を落として旋回を始めた。

ほどなく、斜面の一点に、赤味がかった光が見えた。真田はすぐに悟った。芳賀舎念が真田と恵理の来訪を察知して明かりを焚《た》いてくれたのだ。

真田はすぐに言った。

「あそこだ。あの明かりだ」

パイロットはうなずき、操縦桿を右に倒した。

やがて、明かりが真下に見えた。木を幾重にも組んで火をつけたものであることがわかった。

「着陸が無理なら、ロープ降下するが……？」

真田がヘッドセットのマイクに向かって言った。

パイロットと副操縦士《コーパイ》が一瞬顔を見合った。

副操縦士の声が聞こえてきた。

「民間のヘリは、照明施設のないところへは降りられない決まりになっています。しかし、われわれはそうでないところへ降りることを訓練されるのです」

「いいぞ」

真田は満足して言った。「お手並拝見といこう」

パイロットは、まず機をゆっくりと巡らせ、照明で周囲を照らし出して地形を把握した。彼は、ひとりつぶやいた。

「この広さだ。問題ない……」

その言葉のとおり、OH－6Dは、芳賀舎念の庵のまえにある平地にふわりと着陸した。

「いい腕だ」

真田が言うと、パイロットはほほえんだようだった。

真田と恵理はヘッドセットをはずして、ドアを開けた。

彼らが外に出て、機体から離れると、すぐさまヘリコプターは上昇して行った。真田はしばし、その夜間飛行灯を見送っていた。

燃える焚き木のそばに、芳賀老人が立っていた。

恵理はそこへ走って行き、老人の腕に抱きついた。

真田は近づいて行って挨拶をした。

「突然おじゃまして申しわけありません。ぜひともうかがいたいことがありまして」

芳賀舎念の顔が、焚き木の炎に照らされている。柔和にほほえんでいた。

純白のひげをたくわえている。

長く伸ばした白髪とそのひげが、こめかみのあたりでいっしょになっている。

額は広く、半ばはげ上がっているといってよかった。

二百年生きているとか、三百歳を越えているという噂が宗教の世界ではささやかれているが、もちろんそんなはずはなかった。正確な年齢は真田も知らない。だが八十歳を越えているのは確かだった。

「わかっておる。夢妙斎の弟子たちのことだろう」

「はい……」

「話はゆっくり聞くとして、まずは第一にしなければならないことがあるだろう」

「何でしょう」

老人は笑った。

「夕めしだ。ふたりとも腹ぺこだろう。顔にそう書いてある」

言われて初めて真田は空腹を覚えた。

「おっしゃるとおりです」

「なかに入ろう。田舎料理だが、食事のしたくがしてある。一杯飲《や》る相手を待っておったところだ」

「はい……」

まったくこの老人と孫娘にはかなわない、と真田は思った。

芳賀舎念の庵のなかは居心地がよかった。庵というより山小屋という感じだった。

二間四方ほどの土間があり、そこには大きな水瓶《みずがめ》や漬け物樽《だる》が置かれている。

土間から三十センチほどの高さの板張りの間があり、その中央には囲炉裏《いろり》が掘ってあった。

天井から自在鉤《かぎ》が下がっており、厚手の鍋がかかっている。

鍋のなかでは、山菜や茸《きのこ》、さまざまな野菜、鳥獣の肉などが煮えている。

囲炉裏の火と、ロウソクの炎が明かりのすべてだった。

真田はとろりとした安堵《あんど》感に包まれるのを感じた。くまれた酒を一口飲むと、腹の底にしみわたるのを感じた。

恵理も東京にいるときより、おだやかで、なおかついきいきとした顔をしているのがわかる。

真田はふと思った。

自分たちは、この幸福を捨て、都会で何のために生きているのだろう、と。

今、人々は、自分には何が必要で、何が必要でないのかを考え直すときがきているのではないだろうか……。

真田の思考は、芳賀老人の言葉で中断された。

「東田夢妙斎亡きあと、あいつが起こした宗教団体は急に信徒の数を増やしたと聞いておるが……」

真田は、現実に引き戻された。

彼は、桜田羅門から聞いた、雷光教団分裂のいきさつを、なるべく正確に話した。

芳賀舎念は、話を聞き終わると、低くうなった。

「二代目夢妙斎を名乗る男が何者か、たいへん気になるのです」

真田は言った。「彼が開いている雷光新武術の道場へ行ってきました。見たところ、山の民の拳法に近いような気がしたのです」

芳賀舎念はうなずいた。

「真田どのは、その二代目夢妙斎がご自分と同じ、山の民の血を引いているのではないかと考えておられるのですな」

「あるいは……」

真田は曖昧に言った。「でなければ、どこで山の民の拳法を学んだのか説明がつきません。あの拳法は、里の者には絶対に伝えないのでしょう？」

「そう。伝えません」

「その山の民なのですが、現在はどれくらいの人数が残っているのでしょう？」

芳賀舎念は、深く考える表情になった。一口、酒をあおると老人は言った。

「正確には、このわしにもわかりません。ただ今でも昔ながらの生活やしきたりを守っている山の民がいることは事実です。彼らは、いかなる権力にも――国にすら屈することはありません。何よりも誇りを重視するのです。この日本という国は、今、政府を営んでいる民族のものではなく、もともとは自分たちの土地であったことを知っておるからです」

「つまり、日本の先住民族だった、と……」

「そう言っていいでしょうな……」

「その先住民族である山の民が、なぜ芳賀一族を守る役割を担ってきたのでしょう？」

「芳賀一族も、里を追われた先住民族のひとつだからですな。まあ、簡単に言えばそういうことです」

「つまり、大和朝廷を築いた大陸系の民族ではないと……。それでは『新人類委員会』が主張していることは正しいのですか？　芳賀一族には古代ユダヤの『失われた十支族』の血が流れているという……」

芳賀舎念はうなずいた。

「本当のことでしょう」

真田は今さらながら、驚かずにはいられなかった。

これまで、傍証はさまざまにあったが、芳賀舎念の口からこれほどはっきりとしたこたえを聞いたのは初めてのような気がした。

芳賀舎念はふと淋しげに言葉をつけ加えた。

「日本の山岳民の歴史は、戦いと逃亡の歴史です」

「それで」

真田は尋ねた。「山の民が今なお、残っているとしたら、芳賀一族との関係はどうなっているのですか。一族を守るという役割はどうなってしまったのですか？」

「伝統は続いております」

舎念は言った。「だが、悲しいことに、彼らは、自分たちを守るのが精一杯なのではないかと思います」

「自分たちを守る？」

「そうです。山のなかで生きていくのは、想像するよりずっと大変なものです。特に一族の人数が減っていくと、その生活はどんどん厳しいものになっていきます。おそらく、現在、それほどに山の民の数が減っておるのだと思います」

真田は、レンジャーの訓練を思い出した。

彼自身は、山の民の血に守られていたのだろう。それほどひどい思いはしなかった。

しかし、確かに大自然のなかで人間が生きていくのは楽なことではなかった。レンジャー志願者のなかには、訓練が終わったとたんに泣き出す者もいた。

「ですが――」

老人が続けて言った。「彼らは私らの戦いを見守っていてくれるはずです。このわしにはわかります。彼らは、自分たちの役割を、真田どのに託しているのだと思います」

「二代目夢妙斎については、どう思われます。彼が山の民の血を引いているとしたら……」

「山の民は売名行為を極端に嫌うものですが……」

「こうは考えられませんか。二代目夢妙斎は、山の民の役割を全《まっと》うするために行動を開始したのだ、と。山の民の拳法を広め、それによって、芳賀一族を守る計画を立てた。そのためには、舎念翁ゆかりの雷光教団を利用するのが手っ取り早いと考えた……。売名行為のように見えるのは、実はやむにやまれぬ最後の手段だった……」

恵理が真田に言った。

「どうして急にそんなことを始めたの？」

「どこかで『新人類委員会』と、俺たちの戦いのことを知ったのかもしれない。俺だけには任せておけないと考えたのかもしれないな」

「だったら、おじいさまのところか私のところへ何か言ってくるはずじゃないかしら？　そう……桜田羅門さんにだって何か話してなきゃおかしいわ」

「秘密に事を進める必要がある。『新人類委員会』の手の者は、どこにいるかわからない。それに、雷光新武術は組織固めもまだできていないし、技の熟練者もまだいない。機が熟するのを待っているのかもしれない」

恵理は舎念の顔を見た。

舎念は深く何かを考える表情をしている。

「真田どのとしては、そうお考えになりたいでしょうな……。もし、二代目夢妙斎が同じ山の民の血を引いておるとしたら……」

「そうではないと思われますか？」

「二代目夢妙斎が山の民の血を引いているかどうか——それは、実際にこの眼で見ないとこのわしにも、何とも言えません」

真田は、何も言わなかった。

「……そして、その目的も、真田どのが言われたとおりかどうかはわかりません」

「希望的観測ってやつかもね」

恵理が言った。

「とにかく、それを確かめるのも俺の役目のようです」

「どうするの？」

恵理が尋ねる。

「雷光教団に入信して、二代目夢妙斎をマークするのさ」

「気をつけてくだされ」

舎念が真田を見た。厳しい眼をしていた。「話によると、その男、油断ならぬ人間のようです」

真田はうなずいた。

6

　ヨセレ・ザミルは、ここ何日間か大使館に泊まり込みだった。

　睡眠不足は的確な情況判断の大敵でもあり、また長期戦におけるタブーでもあるが、同時にザミルのような男は、それに慣れることも強《し》いられるのだった。

　ザミルの眼は赤く充血していた。

　いつも、何かを悲しんでいるような表情をしているので、まるで泣いているように見えた。

　彼は、ひっきりなしに鳴る電話を受け、次々ととどくテレックスやメモ書きに眼を通しているうちに、妙な非現実感に陥った。

　今、自分がやっていることは、実は何の役にも立たないことで、世界の情勢は、自分とまったく関わりのないところで動いているのではないか――そんな気がしてきたのだ。

　精神状態が弛緩《しかん》しているわけではない。

　むしろ、あまりに長時間にわたって緊張状態が続いたせいでそんな気分に襲われたのだった。

イスラエル本国からは絶えず連絡が入るので、中東の様子は手に取るようにわかる。さらに、ここ何日間かヘブライ語で話し続けていたので、まるでイスラエルにいるような錯覚を起こしていた。

今、モサドが世界の動きを握っていると言ってよかった。

イスラエルは、周囲をアラブ諸国に囲まれていることは言うまでもない。

イラン・イラク戦争が、形だけであれ停戦した。

一方、ヨルダンは、パレスチナから、これ以上関わっていられないとばかりに手を引いた。

それによって、パレスチナ独立国の構想が具体化しつつある。これまで、PLO（パレスチナ解放機構）にとって禁句であった、イスラエル承認の声すら出始めている。つまり、事実を見つめ、イスラエルとの共存も辞さないという勢力がパレスチナ内に現われたのだ。

しかし、イスラエルとしては、パレスチナが問題としているガザ地区とヨルダン川西岸についても譲歩する気はない。

なぜなら、自分の国の領土のどまんなかに、アラブ勢力の足場を築かせるようなものだからだ。

強硬なイスラエルの姿勢に対して世界各国から批判が集中している。だが、イスラエルにしてみれば批判などどうでもいいのだった。

ユダヤ人の歴史は迫害の歴史だ。どこの国民の先祖もユダヤ人ほどひどいめにあったことなどない。イスラエルの政治家はそのことをよく知っているのだ。

イスラエル政府が恐れているのは、批判や非難などではない。アラブ諸国からのミサイルなのだ。

ミサイルを撃ち込まれないためには、どうすればよいか。こたえはひとつ。ミサイル基地に、先にミサイルを撃ち込むしかないのだ。

その際にも、ある選択が強いられる。

通常のミサイルにするか、核ミサイルにするかという選択だ。

人類史上、核兵器の被害を受けたのは日本だけだ。

核の使用は、今後決してあってはならないと、世界の多くの人が考えている。しかし、第四次中東戦争のとき、実際に、イスラエルはミサイルに核弾頭を装備しようとしていたのだ。

現在、核戦争の火種となり得るのは、中東なのだった。

かといって、イスラエルも、むやみに戦争をしかけたがっているわけではない。できれば、ミサイル攻撃を回避したいと思っているのだ。

そのためにモサドが駆け回っているのだ。現代社会にあって、国の運命を左右するのは、軍事力ではなく、情報力だと言っても過言ではない。

モサドは、その規模を考えると、世界で最も優秀な諜報機関だと言われている。必然的にそうならざるを得なかったのだ。

四方八方を敵であるアラブ勢力に囲まれた小国イスラエルが生きのびるためには、超一流の諜報機関を持つ必要があったのだ。

今、ヨセレ・ザミルは、戦争を回避するために働き続けていると言ってよかった。世界を飛び交うありとあらゆる情報――それが祖国を助けることになるのだ。彼は、必死で、あらゆる情報の持つ正確な意味を分析しなければならなかった。

ザミルは、現実からの浮遊感ともいうべきこの独特の状態からいち早く抜け出そうと考えた。

それには、外界との接点を見つけるのが一番だと思った。

彼は、受話器に手を伸ばして、真田の部屋に電話をした。

真田は留守だった。呼び出し音を十一回聞いてザミルは受話器を戻した。

さっそく緊急措置令が下ったのかと彼は想像した。

ザミルは、真田が言っていた、雷光教団の二代目教祖のことを思い出していた。

彼は続いて、芳賀恵理の下宿先に電話した。

「恵理は出かけておりますが……」

神社の神主が言った。

時計を見ると十時になろうとしていた。

「何時ごろお帰りになるでしょう？」

「今夜は帰らんでしょう。祖父のもとへ行っておりまして……」

「芳賀舎念さんのところへ……？」

「ああ……。舎念をご存じのかたでしたか」

神主の声が急にやわらいだ。「ええ。夕方に、急に出かけると言い出しましてね」

「おひとりでですか？」

「いえ……」

神主は口ごもった。

「サナダという男がいっしょではありませんでしたか？　……いえ、ご心配なく。私はサナダの友人です」

「ええ。確かに真田さんといっしょです。こんな時間に三瓶山へ行こうったって、列車の乗り継ぎがたいへんだぞと言うと、真田さんが何とかしてくれると言っておりました。おそらく、車で行ったのだと思います」

なぜかザミルには、ふたりが車で行ったのではないことがわかった。もっと便利な方法を使ったに違いないと思った。

「そうですか。どうもありがとうございました」

そう言ってザミルは電話を切った。

サナダと恵理が動き始めた。

そう考えると、ザミルは体に力がみなぎるのを感じた。机にかじりついているのは、自分の仕事でないような気がした。彼は、ファイルやメモの山をすべて放り出し、三五七マグナムを腰につけてすぐさま外へ飛び出したい衝動に駆られた。

しかし、今、彼がしなくてはならないのは、文字や数字との格闘だった。

電話が鳴り、ザミルはすぐに取った。

相手は、本国にいるモサドの同僚だった。

「ＩＪＰＣに対する日本の対応をもっと詳しく知りたい」

相手が言った。彼は、ダールという名だった。彼はヘブライ語でしゃべっていたので、ザミルも頭のなかを急遽《きゅうきょ》へブライ語に切り替えなければならなかった。

ＩＪＰＣは、三井物産などによるイランとの合併石油精製工場建設計画だ。八十五パーセント工事が完成していたにもかかわらず、イラン・イラク戦争によって、一九七八年以降凍結状態になっていた事業だ。

「積極的。しかし、疑問符付き」

ザミルはきわめて簡潔にこたえた。

「それくらいのことはこっちだってわかるんだよ、ザミル。現地にいる人間にはそれ以上のことを期待してるんだ」

「日本はこれまでに三千億円出資している。もとはまだ一銭も取っていない。三井物産などの企業はすでに通産省に対して、民間プロジェクトとしては採算は合わないと報告している」

「だが、イランがその気を見せ始めたので、政府としては積極姿勢を見せなくちゃならんというわけだろう」

「事実、石油が喉《のど》から手が出るくらいほしいのさ、日本は。それに、国際世論のせいで、日本は対外援助を強いられている。日本にとっては、ここで金を使えば、国際的にも多少は汚名をそそぐことができるというわけだ」

「だが、実際問題、企業はもう金を出したがらないというわけだな……」

「微妙なところだね。このプロジェクトが成功すれば、日本は石油の安定供給を確保できる。バラ色の未来を信じることができるかもしれないわけだ、ダール。どうだ、日本人というのはおめでたいだろう」

「そう。ミサイルの一発で、そのバラ色の未来は消える」

「ひとつ訊いてもいいか？　ダール」

「何だね？」

「この忙しいのに、何だっていまさら、ＩＪＰＣのことなんぞに関わってるんだ？」

「別にＩＪＰＣのことだけを気にしているわけじゃない。いろいろ検討した結果、ＩＪＰＣくらいしか考えられないことがあってね……」

「何のことを言ってるんだ？」

「フェニクサンダー・コーポレーションだ」

「フェニクサンダー……」

ザミルの眉の間に深くしわが刻まれた。

「そうだ。われわれにはすでにおなじみの多国籍企業だ。商社なのだから、三十億円というイランの復興市場に関心を示すのは当然なのだが、どうも、金の動きかたがおかしい」

「……というと？」

「多額の金が日本に動いている。日本のどこへ行ったのかわからない」

「何かの買いつけじゃないのか？」

「こっちが訊きたいね。現地にいるのは、おまえさんなんだ、ザミル」

「なるほど。そういった話は聞かんな。フェニクサンダーの動向には眼を光らせているつもりだからな」

「いろいろな判断材料を用意した。その結果、フェニクサンダーが、ＩＪＰＣに一枚嚙《か》もうとしているのじゃないかという仮説が立てられたわけだ」

「なるほど……。日本にとっても、また多国籍企業のフェニクサンダー・コーポレーションにとっても有利な話だ。いちおう、説明はつくな……」

「話はほかでもないフェニクサンダー・コーポレーションだ。気にしておいてくれ」

「わかった」

電話が切れた。

フェニクサンダー・コーポレーション。本国が神経質になるのも無理はない――ザミルは思った。

巨大多国籍企業のフェニクサンダー・コーポレーションは、もともとは、地中海中心の一海運業者にすぎなかった。だがそれは、三百年も昔の話だ。

今では、運輸、損害保険、総合商社などの分野で大きなシェアを占めている。本社はスイスのジュネーブにある。

この企業の総帥が十数年まえに、財団法人を作った。「地球の未来を救うため」という目的で作られたこのフェニクサンダー財団は、科学技術や平和運動に資金を提供していた。

フェニクサンダー財団のなかに、総合的に人類の未来を考え、積極的に働きかけようという委員会が作られたのが、十年まえだった。

この委員会は、人口問題、大気汚染、水質汚濁、森林破壊、異常気象、砂漠化などあらゆる項目にわたって研究を続け、きわめて悲観的な結論を出した。

やがてこの団体は、ひとつの指針を見つけ、フェニクサンダー財団から独立することになる。

その指針とは、ヒットラーと、ユダヤ人虐殺の最高責任者アドルフ・アイヒマンの研究であり、そのころから、その団体は『新人類委員会』と呼ばれるようになった。

フェニクサンダー・コーポレーションと『新人類委員会』は、純粋に金銭的なつながりでしかないとモサドは信じていた。

だが最近、『新人類委員会』の真の総帥が、一九八七年八月十七日に自殺したと思われていた元ナチス副総統のルドルフ・ヘスであることが判明して以来、事情は変わった。

ヘスは絶大な力で、ドイツ国内の右翼勢力をまとめ上げる一方で、逆に、フェニクサンダー・コーポレーションを、『新人類委員会』の下に置き、その情報力と資本力を利用していることがわかり始めた。

だが、フェニクサンダー・コーポレーションが『新人類委員会』とつながっているという証拠は何ひとつない。

モサドといえども、その点を明らかにすることはできずにいた。

ザミルは、フェニクサンダー・コーポレーションが、日本に金を流している理由について考えを巡らせた。

ダールが言ったように、ＩＪＰＣへの参入を狙っていることは充分に考えられる。

商社として当然の経済活動だ。

だが、ザミルにはそうは思えなかった。

『新人類委員会』が、何かの目的で、日本に金を注ぎ込んでいるのだ。

その金の行き先をつきとめたいと思った。しかし、今の彼は身動きが取れなかった。

『新人類委員会』は、確かに彼の仕事の範疇《はんちゅう》だった。

反ユダヤ・反イスラエル的な事柄はすべてモサドの任務となり得るのだ。

だが、優先順位からいくと、『新人類委員会』の件はいくぶんか下にランクされていると言わねばならなかった。

ザミルは、フェニクサンダー・コーポレーションから日本国内のどこかに金が流れているという事実だけでも、真田に伝えたかった。

ダールとの電話の間にも、テレックスの用紙やファイル、傍聴記録の分析結果などが、ザミルの机の上に次々ととどけられた。

ザミルは、ファイルを一冊取り上げ、ページを開いたが、すぐに放り出した。

「何もかもサナダに押しつけるわけにはいかんな」

ザミルはつぶやいた。

彼は、電話で本国のダールを呼び出した。

「ダール。フェニクサンダーの金は、『新人類委員会』と無関係とは思えないのだが……」

ダールは、電話のむこうで、小さく溜め息をついた。

「いまいましいナチの残党め……」

「いや、ダール。『新人類委員会』は単なるナチの残党とは訳が違う。狂気の指導者を持った、きわめて明晰《めいせき》な頭脳とすこぶるタフな連中の集まりだ。多国籍企業のフェニクサンダーを手中にした今、ひとつの国家と言ってもいいくらいだ」

「わかってるさ、ザミル。もちろん、『新人類委員会』のことは考慮に入れている。実は、すぐさま君からその言葉が返ってくるものと期待していたのだが……」

「ＩＪＰＣ云々《うんぬん》というのは、でたらめだったというわけか？」

「そうじゃない。いくつかある仮説のうちのひとつであるのは確かだ」

「カマをかけたんだな」

「そう。実際に『新人類委員会』のテロリストと一番多く戦っているのは君だ」

「そこでだ、『新人類委員会』となれば、立派にモサドの仕事だ。金のルートを何とかつかめないのか？」

「人員が割《さ》けないんだ。そっちも同様のこととは思うがね……」

「ひとり、フェニクサンダーに送り込めばいい。違うか？」

「フェニクサンダーは、決してユダヤ系を雇わない。ユダヤ人を経営に参加させないで、あれだけの組織になったのは、驚くべき事実だがね……」

「フェニキア人の子孫が作った会社だということだ。うなずけなくはないな」

「フェニキア人は、海へ出たユダヤ人だ」

「まあ、同じセム語族のカナン人であることは間違いないがね……」

「民族について論じるのは楽しいが、われわれにはあまり時間がない。そうだろう、ザミル？」

「モサドはユダヤ系ではないエージェントも各国に持っているはずだ。何とかならないか？」

「私は、君が何とかしてくれるものと思っていたのだが？」

ザミルは小さくうなってから言った。

「日本のイスラエル大使館では、すでにエージェントが限界以上の働きをしている。これ以上は誰にも無理はさせられないし、私自身も、できない」

長い間があった。

ダールが苦慮しているのがわかった。それとも、恩を着せようとしているのだろうか？　ザミルはふと思った。

一分間もの沈黙があり、ダールが折れた。

「何とかしよう。だが、時間はかかる」

礼を言うべきかどうか迷って、ザミルは言わないことに決めた。

「連絡を待ってる」

ザミルは電話を切った。

ダールに電話をしている間にも、机の上の資料は増え続けていた。

ザミルはボールペンを持って仕事にかかった。

ダールは愛国心の強い男だが、皮肉好きな一面もあった。ザミルはこの男が嫌いではなかった。どちらかといえば好きなタイプの男だった。

年齢はザミルとほぼ同じだった。

ダールが「何とかしよう」と言ったときは、本当に何とかすることを意味していた。その点については、ザミルは、ほぼ完全に信頼していた。

彼は、眼の疲労のせいで頭が締めつけられる感じがしていたが、かまわず、書類を睨み続けた。

今や、イスラエルの戦場は、中東の地ではなく、自分が見つめている書類の上であることを、ザミルははっきりと自覚しているのだった。

7

夜明けとともに、芳賀舎念は起床し、水瓶からくんだ水で顔を洗った。

恵理と真田も眼を覚ました。

舎念が真田に言った。

「せっかく来られたのだから、山の民の拳法の技を、二、三手覚えていかれますかな」

「ぜひお願いします」

洗面を終えた恵理と真田は、芳賀舎念に続いて外へ出た。

新鮮な山の空気がうまかった。

朝もやが、広場の周囲の木々の間にうっすらと立ちこめている。下生えの露が、朝日に光った。

真田は、ワイシャツ姿で舎念のまえに立った。

恵理は広場のはずれまで行ってふたりのやることを眺めていた。

舎念が言った。

「山の民の拳法における手技は『打ち』がすべてと言ってもいいでしょう。『打ち』に熟達すれば、自然に他の手技が情況に応じて生まれてきます。それが応用ということです」

「はい」

「先日は『打ち』をお教えいたしました。ですから、今日は蹴りを覚えていってください」

真田も、レンジャー空手仕込みの蹴り技には自信があった。

舎念は、恵理を呼んだ。そして真田のほうを向いて言った。

「恵理に二種類の蹴りをやらせます。まずはご自身の体で違いを感じてください」

「おい、また君が相手なのか？」

真田は恵理に言った。

「心配しないで、手加減してあげるわ」

真田と恵理は向かい合った。

真田は腹筋を固め、蹴りにそなえた。

恵理は、半身になり、わずかに膝を曲げている。

間合いは、ほぼ空手と同じだった。

恵理は短い気合いを発して真田の中段へ前蹴りを見舞った。真田は、それを、まともに腹筋で受けた。

足首の効いたいい蹴りだったが、それほどの衝撃力はなかった。

「さすがに鍛えておいでだ」

舎念が言った。「今のは、一般の空手の蹴りです。次に、山の民の蹴りをごらんにいれましょう」

恵理は、うなずいて、半身に構えた。

そこから、まえにある右足をすいと進め、間合いを詰めた。空手などより、はるかに近い間合いだった。

後方の左足がすっと一度右足のほうへ寄せられた。と思った瞬間、その足が伸びてきた。

真田は、衝撃が背中まで突き抜けるように感じた。彼は、一瞬息ができなくなり、眼をむいてあえいだ。

膝をつくと、舎念が歩み寄り、背中を叩いた。それだけで急に呼吸が楽になった。

真田は、大きく息をしてから立ち上がった。

「何です？　今の蹴りは？」

「あれが山の民の基本の蹴りです。恵理はどちらの蹴りも、同じくらいの力を使ったのです」

「どうしてこんなに衝撃に差が……？」

「何か気づきませんでしたかな？」

「そう言えば、蹴り出す直前に、蹴り足が軸足のほうへ寄ったような気がします」

「そう。そのために、蹴りは直線ではなく、弧を描いて打ち込まれます。これだけで、威力は大きく違ってきますな……。古武術を知らぬ空手家は直線的な蹴りで満足しております。しかし、空手家のなかにも、古武術に通じ、なおかつ古流の真の威力のある技を学んだ者がおりましてな……。その連中は、このように曲線的に蹴り出すことを知っております」

「ほう……」

「もうひとつは間合いです」

真田はうなずいた。

「確かに空手などよりは技の出る間合いが近かった……」

「そう。山の民の拳法は、すべて接近戦を想定しております。したがって、入り身で、相手に近づいてからの技が工夫されているわけです。蹴りも例外ではありません。実は、その点が同じ力で威力を大きくするもうひとつの原因にもなっています。つまり、膝が伸び切らない状態で蹴りが当たるのです」

「なるほど。ボクシングのパンチと同じですね、インパクトの瞬間に、肘が約九十度の角度にあるパンチが一番効くと言われています」

「だが、膝が曲がり過ぎていると、逆に威力は殺されてしまいます。最大の力を発揮する点と無力になる点は、紙一重《ひとえ》なのです」

「わかるような気がします」

真田は、実際にその前蹴りをやってみることにした。

空手の蹴りに慣れているため、なかなか思うように蹴れなかったが、舎念老人に要所要所を直されているうちに、何とか恰好がついてきた。

そうなると不思議なことに気づいた。

山の民の蹴りは、体のどこにも無理がかからず、実に自然な感じで技が出せるのだ。

空手の蹴りは、洗練されてはいるが、何本も蹴っているうちに、腰に負担がくることがある。

山の民の蹴りには、そういう無理がまったく感じられなかった。日本人が、歩いたり走ったりするときの足の使い方の延長という印象があった。

「けっこう……」

舎念老人が言った。「さすがに覚えが早い。あとは、ご自分で練られることです。もう一手、お見せしましょう」

今度は恵理ではなく、舎念老人がじきじきに真田の相手をした。

「自由にかかってきてください」

舎念が言った。老人は、両手をだらりと垂れ、右肩を前に半身になっている。立ち方は、空手や柔道でいう『レの字立ち』で、膝がわずかに曲がっている。

どこにも力が入っていない。

真田は、やや遠めに間合いを取っていた。山の民の拳法は接近戦のための技が中心だと聞いていたから、うかつに近づけなかった。

老人に隙はなかった。しかし、打ち込んでいかなければ、技を見せてはもらえない。

真田は空手式に左半身に構えていた。

左手で前手刻み突きのフェイントを見せ、ワンツーのタイミングで、右逆突きを、舎念の胸に見舞った。

老人の姿が一瞬にして視界から消えた。

次の瞬間、左足のすねにしたたかな衝撃を感じ、ひっくり返ってしまった。

舎念老人が立ち上がるのが見えた。上から真田の顔をのぞき込み、にっと笑っている。

真田は起き上がった。

「何をされたのか、まったくわかりませんでした」

「今のが『転び蹴り』です」

老人は、今度は、真田にゆっくり突いてくるように、と言った。

真田は言われたとおりにした。

拳が老人の胸にとどく直前に、老人はのけぞるように避け、そのまま地面に倒れた。

そのとき、猫のように体をひねって、両手を地面についていた。

老人の左足が弧を描いた。その踵が、真田のすねを外側から刈った。

老人は起き上がって言った。

「今はこのように、後ろへ倒れ、回して蹴りましたが、野球のスライディングのように倒れ込みながら、まっすぐ蹴る方法、横へ倒れながら、後方からひっかけるように蹴る方法など、やりかたはいろいろあります。いずれの場合も、実際には必ず膝を狙います」

真田はこの蹴りを、後楽園ホールで一回、雷光新武術の道場で一回、見ていた。

タイミングとしては、空手の、出合いの足払いや、出合いの後ろ蹴りと同じだ。

ただ『転び蹴り』は、それより動きが相手の意表をつく。泥くさいが、実戦には有効な技だと思った。

真田は、老人に合わせて、何度か『転び蹴り』を試みた。

これも、考えていたより、ずっと楽に体が動いた。

名前のとおり、第一動作は、転ぶように身を投げ出すのがコツだった。

「いいでしょう」

舎念老人が言った。「『打ち』と『蹴り』と『転び』。この三法を練れば、山の民の拳法の大筋を理解したことになります」

「帰ってから、毎日稽古することにします」

「それでは朝食にしましょう」

老人が、小屋のなかへ入って行った。

恵理が駆け寄ってきた。真田は尋ねた。

「どうだった？　さまになってきたかな？」

「そう……。まずまずね」

「まずまずか……」

「そう。これくらいはやってもらわなきゃ」

恵理はそう言ったと思うと、さっと身を沈めた。次の瞬間、真田は膝の後ろを踵で蹴られて、ひっくり返っていた。

横に転んで、後ろからひっかける『転び蹴り』だった。

恵理はぱっと起き上がり、笑いながら小屋のほうへ駆けて行った。


真田と恵理は三瓶山を下り、ふもとの温泉街でタクシーを呼び、出雲空港へ向かった。

午後の便で東京へ戻ると、恵理は下宿している目白の神社へ帰り、真田は本郷の雷光教団ビルに向かった。

真田はその日のうちに入信したいと受付に申し出た。

即座に手続きが取られた。正式に信者になるには、一週間にわたり、二時間ほどの幹部による講義を受けなければならないということだった。

「つまり、一週間たたないと、雷光新武術も教えてもらえないということですか？」

真田は受付嬢に尋ねた。

「そうです」

「例外はないんでしょうね」

「ありません」

その夜から真田は、講義を受け始めた。講義は雷光教団ビルの三階にある近代的な教室で行なわれた。

白い衣装に茶色の袴《はかま》をはいた教団幹部が、初代夢妙斎が悟ったといわれる教義について語っていた。

真田は、芳賀舎念や恵理の霊能力を実際に体験しているので、決して眼に見えない世界を否定しているわけではなかった。

しかし、人間が霊界の意志によって操られているといった講義の内容には、正直言ってついていけなかった。

初代夢妙斎は、そんな教義は作らなかったはずだ。真田はそのことをよく知っていた。講義の内容は、典型的な新興宗教のものだった。二代目夢妙斎が考え出したものに違いなかった。

講義は午後七時に始まり、午後九時に終わった。帰るときに賽銭《さいせん》という名目で一万円取られた。

部屋に戻った真田は、すぐに連絡官を呼び出し、早乙女につないでもらった。

「二代目夢妙斎のことは何かわかりましたか?」

「きわめて消極的な事実がわかったにすぎない。つまり、広瀬晴彦などという男は、この世に存在していない。正確にいうと、同姓同名の人物が何人かいたが、すべて他に該当者がいる」

「つまり、やはり偽名だったということですか?」

「偽名を使っていても、たいていはそれに相当する人物を割り出すことができるものなんだ。例えば、住民票、健康保険、年金、パスポートの申請、入出国カード、税金の申告など、政府はすべての国民のデータを握っていると言っていい。戸籍は、その土台になるデータだ」

「あまり愉快な話じゃないですね。つまり、あらゆる方向から手を尽くせば、偽名くらい使っていても、何者か割り出せるという意味ですね」

「そうだ」

「どうして、それをやらないのです?」

「やったさ」

「ほう？」

「その結果、広瀬晴彦、つまり二代目夢妙斎に該当する人物は発見できなかった」

「どういうことです？」

「二代目夢妙斎は戸籍を持っていない」

「……それは、日本国籍を持っていないということですか？」

「外国人としての登録もされていない」

「不法入国という意味ですか？」

「いいや。おそらく、彼は日本で生まれた正真正銘の日本人だろう」

「雷光教団の代表者が戸籍を持っていないということに、今まで誰も気づかなかったのですか」

「調べる必要がなかったのだな……。雷光教団は宗教法人として税金を払っているが、その際の代表者名は別人だ。つまり、経営者を別に立てているわけだ」

「戸籍がないということは、何を意味しているんでしょうね」

「戦後のどさくさでは珍しいことではなかったな……。それに複雑な家庭環境ということも考えられる。親が出生届けを出さなければ、当然、戸籍はないことになる。もうひとつ、君がきわめて興味を持つケースがある」

「山の民……」

「そうだ。山の民は日本の政府の支配下に入ることを嫌っている。したがって戸籍を持っていないわけだ。山の民のなかにも、里に降りて、われわれのなかに融け込んで暮らしている人々がたくさんいると言われている。そういう人々は、山に残っている仲間との連絡役であったり、独特の講のようなものを組織し運営しているということだ。そういった里に降りた山の民は当然、戸籍も住民票も持っている。だが、山に残っている本来の姿の山の民は戸籍を持たない」

「二代目夢妙斎は、山の民と考えていいということですね？」

「どうかな？　巧妙にそう見せかけている場合もある」

「そう……。あなたならそう言うと思ってました」

「二代目夢妙斎は海外から戻ってきたらしいということだったな」

「桜田羅門はそう言ってました」

「……ということは、偽造パスポートを持っていたということになるな。戸籍がなければパスポートは作れない。そして、その偽造パスポートは、桜田羅門に名乗った名前——広瀬晴彦名義である可能性が大きい」

「あり得ますね」

「そうすると、過去の入国管理カードを調べれば、どこの国から入国したかわかるわけだ」

「その言葉に期待してますよ」

「時間はかかるが、不可能ではないと思う」

「俺のほうは、今日、雷光教団に入信してきました」

「ほう……。二代目夢妙斎の教えが気に入ったのかね？」

「そんなところです。そのうち熱心な信者になって、あなたに入信をすすめるかもしれません」

「すばらしい。私は常に、真の救いを求めているのだよ」

電話が切れた。

真田は受話器を置くと、ウィングチップの靴ひもを解いた。

靴を脱ぐと彼は、スーツを着たままベッドに身を投げ出した。

三瓶山へ出かけるまえから、まったく同じ恰好だった。ワイシャツが汗くさかった。

今までまったく疲労を感じていなかったが、部屋に戻って一息ついたとたんに、自分がひどく疲れているのに気づいた。

自衛隊時代に、仲間のひとりが、たとえ、輸送機のなかで眠り続けていたにしても、長距離移動したら、その距離の分だけ疲れるような気がすると言ったことがあるのを思い出した。

実際、旅行というものは疲れるものだ。

真田は、よく雷光教団の講義中に自分が居眠りをしなかったものだと思った。

彼は、横になったまま、芳賀舎念老人と話し合ったことを思い出した。

自分は、二代目夢妙斎が味方であることを期待している。彼はそう思った。

それは血に由来する期待だ。

真田は、芳賀舎念と出会って初めて自分の血の秘密を知った。彼の体に山の民の血が流れていることを、舎念に教えられたのだ。

そのことは、衝撃であると同時に喜びでもあった。

だが、これまで彼は同じ血を持つ人物に出会ったことがなかった。

正確に言うと、どこかで会っているのかもしれない。里に降りた山の民の子孫は、どこにでもいるという話を聞いたことがあった。

しかし、相手を山の民と認めて会ったことはなかった。

もし、二代目夢妙斎が山の民だとしたら、初めて自分と同じ民族の血を持つ人物に会うことになるのだ。

それは異国の人混みのなかで、同胞に会うようなものだった。

しかし、真田は、きっぱりとその期待を断ち切る決意をした。彼の仕事に、期待と不用意な信用は禁物だった。それは命にさえ関わってくる。

彼は、のろのろとベッドから起き上がった。むしり取るようにネクタイを外し、服を脱いだ。

バスルームへ行き、疲れを洗い流すような気分でシャワーを浴びた。

ベッドにもぐり込んだとき、なぜか、ふと恵理の顔が浮かんだ。

彼は、すぐに眠りに落ちた。

った。

8

モサドのダールは、フェニクサンダーの一件に多くの時間を割くわけにはいかなかった。

巨大企業の中枢はジュネーブであり、海運、保険、商社などの各部門はコンピューターのオンラインによってネットされている。

そのコンピューターネットワークは、国家並みの厳重さで管理されており、侵入はきわめて困難だった。

ダールは、ネットワーク侵入の専門家を何人か付けようかと考えたが、すぐにそれが無駄なことだとわかり、考え直した。

金の行き先が、もし怪しげなところだとしたら、そんな記録が残っているはずはないのだ。

コンピューターネットワークに侵入しても、探り出せるのは、社内に正式に残った記録なのだ。

ダールは、ヨーロッパで手広く仕事をしているヘッドハンターに連絡を取った。ヘッドハンターというのは、企業の管理職のスカウトのことだ。

ある企業から別の企業へ人材を引き抜くときに暗躍する職業だ。

そのヘッドハンターの名は、ジャック・ラ・パリス。ラ・パリスは十六世紀のフランスの有名な軍人の名だが、ジャックは彼とは無関係でユダヤ系フランス人だった。

モサドの息がかかっていることは言うまでもない。

「ダールだ。稼いでいるかね？　ジャック・ラ・パリス？」

「需要は多い。いつ、どこでも優秀な人材は不足している」

ラ・パリスの声は深く沈んだような印象がある。言葉は少ないが、きわめて適切な表現を選んで話す。

フランス人には珍しいタイプと言わねばならない。思慮深さを感じさせる男だった。

「フェニクサンダー・コーポレーションに興味はあるかね？」

「正直に言って、ない」

即座にこたえが返ってきた。

「あの会社には、ヘッドハンティングに値する人材がいないということかね？」

「人材はいる。だがあそこの社員の多くは、会社への忠誠心《ロイヤリティー》がたいへん高い。まるで、日本の企業並みだ。われわれは非常に仕事がやりにくい」

「フェニキア人が起こした会社だというのは本当のことなのかね？」

「はるか昔の話だ。事実を知る者はいない。だが、社史にその物語が謳《うた》われているのは確かだ」

「君が入り込む余地はあるかね？」

「事情による。だが、私は常にどんな企業にでも入り込む用意がある。必要とあらば、クレムリンとペンタゴンのある程度の地位ある人間の首をすげ替えてみせる」

「ペンタゴンもクレムリンも今回は関係ない。フェニクサンダー・コーポレーションの重役あるいは管理職で、会社に不満や怨みを持っている人間か、何か弱味を握れるような人間を見つけてほしい。そうだな。計理関係の社員がベストだ」

「それだけでいいのかね？」

「それだけでいい。あとは、われわれの仕事だ」

「おやすいご用だ。報酬はいつものようにスイス銀行の私の口座に振り込んでくれればいい」

「わかった。早急にたのむ」

「三日以内に……」

「いいだろう」

ダールは電話を切った。

誰にでも人に知られたくない弱味はあるものだ。

ヘッドハンターは、そういった点にうまくつけ込む。ある意味で、諜報機関のエージェントとたいへん似た性格の仕事といえた。情報だけが飯の種という点もそっくりだった。

ダールはジャック・ラ・パリスの言葉を疑わなかった。ラ・パリスは、これまで一度もダールの期待を裏切ったことがないのだった。

ダールは、これで一時、フェニクサンダー・コーポレーションの一件から離れることができるのだった。


真田が見たところ、雷光教団は、まっとうな新興宗教だった。

一日に何人もの人々が本郷の教団本部ビルを訪れた。本部ビルの最上階である四階には、霊場とされている広間があった。

南向きに、たいへん豪華な祭壇が作られており、常に二十名ほどの信者が祭壇に向かって祈っていた。

本尊とか聖者像とかいったような偶像の類《たぐい》はいっさい置かれていない。

「偶像をあがめることは、宇宙をつかさどる大きな意志——つまり神にそむくことだ」という、雷光教団の教えによるものだ。

その代わり、祭壇は、巨大な自然石によって飾られている。水晶の柱や、翡翠《ひすい》、瑪《め》瑙《のう》などがふんだんにちりばめられている。

祭壇の脇には、初代東田夢妙斎の写真が飾られている。

外から見るとこのビルは質素だったが、なかに入ってみると、驚くほど金がかかっているのがわかった。

一階には受付と武道場、治療院があるが、武道場にはアスレチックジム並みのトレーニングマシーンの数々がそろっていたし、治療院にも、高価そうな超短波ヒーターや、通電治療装置などが並んでいる。

二階は事務所と応接室だが、事務所には近代的なOA装置が完備されており、全国の支部からの情報がすべて集まってくる。

応接室の調度もすべて一目見て高級品とわかるものばかりだった。

真田は、宗教団体というものはこれほど金になるものかと思ったが、すぐに時期的に不自然なものがあることに気づいた。

このビルは、信者数が急増するまえに建てられているはずなのだった。

銀行から借りる金にも限度がある。あからさまな言いかたをすれば、銀行は金が必要でない人間にしか金を貸さない。

つまり、このビルは、二代目夢妙斎自身の財産資産によって建てられたことになる。

真田は、桜田羅門が言っていたことを思い出した。

「あの男は怪物です」

羅門のその言葉の意味が少し理解できたような気がした。

だが、並はずれた財力を持つ人間がすべて怪しいわけではない。

事実、真田が見たところ、このビルに通ってくる信者はごくふつうの一般人だし、事務所でも、宗教活動以外のことを運営しているような様子はいっさい見られなかった。

真田は、二代目夢妙斎に対する疑いが、次第に薄れていくような気がしていた。

二日目の講義が終わり、階段を降りていくと、ちょうど、雷光新武術の夜の部の稽古が終わったところらしく、若い信者たちが汗をふきながら道場から出てきた。

皆、屈託《くったく》のない笑顔を見せている。運動で汗を流した者のすがすがしさが感じられた。

この雷光教団ビルのなかには、胡散《うさん》臭いところはまったく見られなかった。

真田のなかに、再び二代目夢妙斎に対する期待感が芽ばえそうになった。彼は、それを否定しようとした。

常に人を疑い、常に用心をしていなければならないのだった。

しかし、二代目夢妙斎が自分と同じ山の民の血を持ち、ともに芳賀一族を守るために戦おうとしているという想像は、真田にとってほとんど抗《あらが》いがたいほど魅力的だった。

とにかく、二代目夢妙斎本人に会ってみることだ――真田はそう考えた。

彼は、出口へ向かう廊下で肩を叩かれた。

驚いて振り返ると、雷光新武術の道場を見学にきたときに、案内してくれた男が立っていた。

彼は、真田に笑いかけていた。

「やはり、さっそく入信なさいましたね」

「ええ……」

「雷光新武術を学びたくて入信されたのですね……」

「正直に言うとそのとおりです。動機が不純で申し訳ないのですが……」

男は笑った。

「実を言うとね、この私も、新武術以外の活動は何もやっとらんのですよ。いちおう、ここの役員なのですがね」

男は、安藤良造《あんどうりようぞう》と名乗った。

雷光新武術道場には、主席師範がひとり、一級師範が十名、二級師範が十六名いるという。二級師範のひとりだという。

師範たちは、全国各地の支部へ散って、信者たちに雷光新武術の指導につとめているという。

安藤良造は三十歳を越えたばかりに見えたが、聞くと三十五になるということだった。

彼は言った。

「確か、真田武男さんでしたね」

「そうです……。でも、私は名乗った覚えはありませんが……」

「最初に見学にいらしたとき、受付でノートに名前を書かれたでしょう。案内するときに、必ず受付から見学者の名前を教えられることになっているんですよ」

「そうでしたか……」

真田は、別に怪しむ理由はないと判断した。

「汗を流したので、喉がからからなんです。ビールでも飲みに行きたいのですが、付き合ってもらえますか？」

「そいつはいい」

真田は言った。「こっちも、慣れない講義で、ちょうど一杯やりたいと思っていたところなんですよ」


ふたりは教団ビルから歩いて五分ほどのところにある赤ちょうちんに入った。

小さな店だったが、奥にちょっとした座敷があり、安藤はそこへ上がった。

安藤は生ビールの大ジョッキを注文し、真田もそれにならった。

「主席師範、一級師範、二級師範——指導者のかたが、合わせて二十七名いらっしゃるわけですね」

真田は、ひととおり料理を注文し終わると安藤に尋ねた。

「そうです」

「師範というからには、ずいぶんと長い間修行をなさっているのでしょうね」

「私が宗祖のもとについてから、まだ半年に満たないのです」

「半年……。たったのですか？」

「そう。たったの半年です。宗祖が、雷光新武術の道場を構えたのが半年まえです」

「他の師範のかたがたはどうなのですか？」

「まったく私と同じです。だって、それまで雷光新武術などという武道は、この世に影も形もなかったのですよ」

「しかし、例えば、空手などでは、どこの流派でも師範を名乗るには、最低二、三十年の拳歴が必要なのです。半年で師範というのは……」

「わかっていますよ」

安藤の表情はあいかわらずおだやかだった。

「私も空手をやっていましたからね。しかも、かなり過激な流派の空手をね。そう、十年以上も続けましたか……」

真田は安藤の体格を見て納得した。広背筋や上腕三頭筋が特に発達している。

パンチ力のある証拠だ。さらに首を太く鍛えてあるのがわかった。首を鍛えることによって、顔面を殴られたときのダメージに耐えられるようになるのだ。

「なるほど、フルコンタクトの実戦空手ですか」

「そうです。しかし、フルコンタクトの空手は限界があることに気づいたのです。まず、第一に、もともと体の弱い者には絶対に奨《すす》められない。そして、フルコンタクト空手で強くなるのは、空手など学ばなくても強い者——例えば、しょっちゅう喧嘩《けんか》をしていたような、向こうっ気の強い人間です。そして、体格の差が決定的となります。さらに、三十、四十になってみると、もうフルコンタクトの空手にはついていけなくなります」

「私も空手をやっていたのでよくわかりますよ」

安藤の眼が、にわかに真剣な光を帯びたように見えた。

「しかし、宗祖の新武術は違っていました。私は、あの武術に出会って眼が覚めるような思いがしましたよ。あなたは、私たちがたった半年で師範になったことを不審に思ったことでしょう。私自身、信じられない気持ちです。しかしですね、そこが雷光新武術のすごさなのです」

「つまり、半年で他人を指導できるほど人を強くしてしまうと……」

「そうです。もちろん、現在の師範は、すべて何かの武道の経験者ばかりです。例えば、主席師範は合気道の師範をやっていた人間です。でなければ、いくら雷光新武術でも、師範にまではなれないでしょうがね……」

「どこが違うんですか？　例えば、あなたがやってらした空手と雷光新武術とでは……」

「そう……。実に体の使いかたが自然なのです」

「体の使いかたが自然……？」

「例えば、空手の立ちかたは、下半身にすべて負担がかかるようになっていますね。あれは下半身の鍛練のためだと言われていますけれど、どこか不自然なところがあるのも事実です。おそらく、中国から拳法が沖縄に伝わり、さらに本土に伝わる間に、徐々に堅っ苦しく作られていったのではないかと思います」

「なるほど……」

「しかし、雷光新武術の足運びはまったく違います。日本人が普段生活している歩きかたが、そのまま生かされているのですよ。だから、技にすぐなじめるのです」

それは真田が、三瓶山中で芳賀老人から山の民の拳法を学んだときに抱いたのとまったく同じ感想だった。

「そのなじみやすさのおかげで、早く習練することが可能だというわけですか」

「私はそう思っています。過去に空手や合気道などの武術をやっていた人間なら、すぐに雷光新武術が日本人にとってたいへん合理的であることに気づくはずです」

「二代目宗祖さまは、神さまからこの新武術をさずかったと、先日おっしゃっていましたね」

安藤はうなずいた。

「一般のかたはお笑いになるかもしれない。しかし、私は雷光新武術を学んでそれを実感しましたよ。さまざまな武術がありますが、これほど簡単に入って行ける武術は他にないでしょう。まさに、神さまから与えられた武術ですよ。私たちが半年という短い期間でマスターできたのも、これが神の御技《みわざ》のひとつだからなのでしょう」

「雷光新武術とは『捽角《そつかく》』というツングース系の格闘技なのではないのですか？」

「私は違うと思っています。古代の日本に『捽角』あるいは『角』という拳法があったのは事実のようです。しかし、それを現代に伝えている人間は皆無のはずです。雷光新武術は、二代目宗祖が神の力を得て創《つく》り出したものなのです」

「ほう……」

「……と、まあ、入信なさったあなたのまえだから信者らしいことを言ってみましたが、二代目宗祖は、武術家として見ても天才なのですよ」

「そういう言いかたをしてもらったほうが、納得がしやすい。なにせ、まだ二日目の講義を受けたばかりの新米信者なもので……」

安藤は『捽角』や『角』を現代に伝えている者は皆無だと言った。

だが、『捽角』が日本の先住民族の間で広く行なわれていたとしたら、それを現代に伝えている人々は存在するのだ。山に追われ決して征服王朝に屈しようとしなかった誇り高い先住民族の子孫たち――山の民だ。

『捽角』は山の民に伝えられているはずだ。山の民の拳法とは、古代先住民族の拳法『捽角』そのものなのではないかと真田は思った。

二代目夢妙斎が山の民である可能性はますます強くなった。

真田は怪しまれぬように態度に注意をしながら探りを入れてみることにした。

「二代目宗祖さまは、どこか外国で長いことお暮らしだったとか……」

「そうらしいですね」

「どこの国に住んでいらしたのでしょうね？」

「いろいろな土地を回っていたらしいですよ。詳しいことは知りません。誰も知らないでしょう。宗祖さまは、過去のことをあまりお話しにならない」

安藤は二代目という言葉をあまり使わなかった。

彼にとってみれば、初代東田夢妙斎とは縁もゆかりもないわけで、二代目夢妙斎が文字通り宗祖なのだった。

「教団幹部のかたもご存じないのでしょうか？」

「知らんでしょう。あなた妙なことに興味を持つんですね」

「そりゃそうですよ。新米信者としては興味は尽きません。あっという間に、初代宗祖さまのお屋敷跡に、あんな立派なビルを建ててしまわれる経済力といい、後楽園ホールで異種格闘技戦をやる興行力といい、驚かされることばかりですからね……」

「人脈だと思うんですがねえ……。私も下っ端役員だから、その辺のことはさっぱり……」

「とにかく、たいへんな人だということですね」

「そう。そういえば、今でも時折、海外から電話がかかってきていますね」

「海外から電話が？」

「そうひんぱんにあるわけじゃないのですが、時たま……。秘書が受けて、すぐ宗祖さまにつないでしまうので、どんな内容なのかはまったくわかりませんがね……。秘書が英語で受けこたえすることがあるんです」

「英語で……」

「そう。オペレーターとのやりとりです。つまり、国内に住む外国人と話しているわけではないということですね。私たちは、雷光教団が海外に進出しようとしており、宗祖はその準備を進めておられるのだと考えていますがね」

「そりゃすごい……」

真田は、まったく別のことを考えながら、つぶやくように言っていた。

9

三日目の講義も終わった。

三日間も通い続けると、教団ビル内で顔見知りの人間も増えてくる。

館内には男性より女性の姿が多いことに真田は気づいた。

それも若い女性が多い。

だが、華やかさはまったく感じられなかった。

女性たちは皆質素な服装をしている。質素でも楚々《そそ》とした魅力を感じさせる服装もあるはずだが、そうではなく、色調が暗く、どこか陰気な感じがするのだった。

化粧っ気もあまりなく、髪をあまり手入れした様子もない。

さらに、皆顔色が冴えず、表情が暗かった。

教団の職員の表情だけが、妙に明るく感じられた。

女性信者たちの影が薄く感じられるのは当然のことだった。彼女らは何らかの不幸を背負っているからこそ、救いを求めて新興宗教の門を叩くのだ。

不幸が彼女たちを陰気にさせたのか、陰気さゆえに幸福になれずにいるのか——真田にはわからなかった。

また、そういう問題は、自分が考える必要のないことだと思った。

しかし、彼は考えずにはいられなかった。

彼女たちは救われるのだろうか、と。不幸というのは、本人にしかわからない。百人いれば百の不幸があるはずだ。それを救い得る人物などいるのだろうか。

講義では、よく霊界と現世のつながりの話を聞かされる。

真田は、芳賀舎念のことを知っているので、霊能力については疑いを持っていない。

しかし、霊界と現世の関わりを説くことが、本当に人々を不幸から救うことなのかどうかは真田にはわからない。

実際、現在日本で最高の霊能力者といわれる芳賀舎念は、ほとんど何もしていない。

多くの霊能者は、自分は人々を救うために神仏から力をさずかったと言い、人々を救うことが自分に与えられた使命だと公言する。

そこから宗教が生まれていく。

いわゆる救いの方法は、霊能者ひとりひとりによって異なる。

十の宗教があれば、救いの方法は十あるのだ。そして、どの宗教も、自分たちの方法以外では決して救われないと断言する。

それを信じて、ますます不幸になる人間だっているはずだと真田は思った。

芳賀舎念は、じっと三瓶山中から世の中の動きを見守っている。

いつか舎念が動くときがくるのだろうか。

――真田は考えた。

――それとも、何もせぬまま世の流れを眺めつつ、この世を去って行くのだろうか？

――そして、その霊能力を受け継いだ恵理はいったいどうするのだろうか？

政権が交代するたびに、新総理大臣は、秘かに、必ず芳賀舎念のもとを訪れるという。芳賀舎念亡きあとは、その習慣はそのまま消え去って行くのだろうか？

それとも、新総理が恵理のもとへ挨拶に行くようになるのだろうか？

そのとき恵理は何をしているのだろうか？

教団本部ビルを出た真田の足は、自然と目白通りへ向かっていた。

彼はタクシーを拾って、目白までやってきた。恵理の住む神社の鳥居のまえにたたずんで、初めて彼は、自分が何のためにそこにいるのかを考え始めた。

鳥居の陰で、白い人影が動いた。

真田には、もう誰だかわかっていた。

「俺を呼び寄せたのか？」

恵理はためらった後にうなずいた。

彼女は、白いスウェットの上下という部屋着姿だった。風呂上がりらしく石けんのにおいがした。

髪は珍しくポニーテールに結わえてある。

「真田さん、私やおじいさまのことを考えたでしょう。そのときに、私の心とコンタクトしたの。真田さん、ちょっと危ない状態だから、すぐに会ったほうがいいと思って……」

「危ない状態？」

「そう。人の心というのはもろいものよ。どんなに強く精神力を鍛えているつもりでも、自分の力の範囲を大きく超えるものを眼のまえに突きつけられると、すぐに萎《な》えてしまうものだわ」

恵理はいつになく神妙な表情だった。

「自分の力の範囲を大きく超えるもの？」

「例えば、死。例えば、運命。例えば霊界の話……」

「確かに、俺は雷光教団で霊界の話を聞かされていたが……」

真田さんは、自分でも気づかないうちに、心のバランスを崩されていたのよ」

真田は、そう言われてうなずかざるを得なかった。

「そうかもしれん。俺は、今夜、考えてもどうしようもないことばかり考え続けていた」

「それは、霊界の働きとか、神さまの意志とかいうお話をずっと聞かされ続けていたからでしょう。本来、霊界の話などは、本人の心の修行がある程度でき、しかも本人にそれを理解しようという気持ちがあり、なおかつ強く求めるとき以外には話してはいけないことなの」

「たいていは、俺のようになってしまう？」

「もっとひどいときには、その世界に縛られ、逆にいきいきと生きることができなくなってしまうわ。いつも、主人の顔色をうかがう犬のように、霊界のことに過敏になり、びくびくするようになったり……。そのうち、病気の大半は霊障だ、などと言い始めるのよ。これは、もう一種のノイローゼかヒステリー状態といっていいわね。霊界の高級霊が、人間のそんな状態を望むはずはないわ」

真田は、教団に出入りする陰気な女性信者たちを思い出した。

彼女たちは、本当にすぐれた霊能力者などではない人間から、聞き伝えの霊界の話を聞かされているのだ。

おそらく、恵理のいうヒステリー状態に陥っているのかもしれない。

恵理が言った。

「瀬田のほうの雷光教団へ行ったときと、印象が違ったでしょう？」

「そのとおりだ」

「桜田羅門さんは、おじいさまのもとで修行し、本当に霊能力が開き始めているわ。その違いね」

「じゃあ、二代目夢妙斎に霊能力などないのだな？」

「後楽園ホールで一目見てわかったわ。はっきり言って、彼には霊能力はないわ」

「そこまでわかっていて、彼の狙いが何なのか探ることはできないのか？」

「無理よ。私やおじいさまにだってできることとできないことがあるわ」

「そうだな……。そのほうが本当なのだろうな。それに二代目夢妙斎の目的を探るのは俺の役目だった」

「そうよ。それを忘れちゃだめよ。余計なことを考えてないで、このあいだ習った蹴りでも練習なさい」

恵理が笑った。

慈母のような笑顔だと真田は思った。恵理はいくつもの表情を持っている。それが常に入れ替わるのだ。

今夜は恵理に助けられたと真田はしみじみ思っていた。

その感謝の気持ちは、言葉にしなくても伝わったはずだった。

「会えてよかったよ」

真田は言った。

「まったく、危なっかしくて眼が離せないわね」

「今夜は、何も言い返せないよ」

「当然よ。じゃあね、おやすみなさい」

恵理は軽やかに駆けて行った。

真田は、その姿が社務所の入口に消えるまで見守っていた。


部屋に戻ると、真田は特別の電話番号を使って早乙女に連絡をした。

「二代目夢妙斎が、どこの国へ行っていたかわかりましたか？」

「まだだ」

早乙女はそう言っただけだった。調査がどの程度進んでいるのかという説明もなければ、まだ発見できないことへの言い訳もない。

「あの雷光教団ビルは、外から見ただけでは想像もできないほど金がかかっています。時期的なことを考えれば、二代目夢妙斎個人の資産で建てたことになるんですが……」

「調べさせてみる。だが、それはたいした問題とは思えんが？」

「二代目夢妙斎のところに、時折、外国から電話がかかってくるそうです」

早乙女には、その一言で充分だった。

「なるほど、彼は海外に大きな金銭的後ろ楯を持っている可能性があるということだな」

「その可能性については、前々から充分に考慮されていたはずです。それが濃厚になったということだと思うのですが……」

「そう。君の言うとおりだ。調査を進めさせるよ。他に何か？」

「二代目夢妙斎は、明らかに天才武術家ですよ。指導力を見ればわかります。三十人近い人間を、たった半年の間に師範にしているのです」

「そうか。かわいがってもらうんだな」

電話が切れた。

真田は、部屋の中央に立ち、上半身裸になって、山の民の拳法の構えを取った。下半身は剣道の構えに似ているが、後方の足がわずかに開いていて、柔道や空手でいう自然体の『レの字立ち』になっている。

両手は胸のまえで拳を作っている。右手が前になっており、ちょうど顔面をカバーする高さに掲げられている。

真田は、なるべく全身をリラックスさせるように気を配った。

彼は、その構えから、まず、前手で『打ち』を放った。

『打ち』で大切なのは、柔らかな体のうねりだ。

床を踏みつける力を、膝で増幅させ、さらに腰のひねりで、その力を増幅させる。その力は背を通り肩でまた増幅され、肘でも増幅される。そして、てのひらで一気に爆発するのだ。

これだけのことを、一瞬にして行なうのだ。難しいように感じられるが、繰り返し練習することで確実に身につけられる技だった。

真田は『打ち』に関してはかなりの自信を持っていた。

前手のいわばジャブのように見える『打ち』に続いて、真田は後ろ手の『打ち』も練習した。

空手の逆突き、ボクシングでいう、ストレート・リア・パンチと同じ形になる。最も威力のあるパンチだ。体重が乗せやすいからだ。

当然『打ち』の場合も、こちらのほうが威力が大きくなる。

それぞれ、五十本ほどの『打ち』を放つと、上半身に汗が浮かび始めた。

次に真田は、移動しながらの『打ち』を試みた。

空手の追い突きのように、相手に向かって一歩踏み出してから打つのだ。

これも左右均等に五十本ほどやった。

そのあとは蹴りだった。

空手のように足を伸ばし切らないだけ腰や脇腹の筋肉に負担がない。

ただ、一度、蹴り足を軸足のほうへ引き寄せてから蹴り出すコツがつかみにくかった。どうしてもスムーズに弧を描いて蹴り出すことができない。

しかし、真田はあせらずに蹴り続けた。幸い、山の民の蹴りは足の使いかたが自然なせいか筋肉の疲労度が少なかった。

何本でも納得するまで蹴ることができた。

気がつくと、全身汗まみれになっていた。

時計は十一時を指していた。

真田は、その場で全裸になると、浴室へ行ってシャワーを浴びた。


ジャック・ラ・パリスは、典型的なフランス人に見えた。

典型といっても、フランス人は、イベリア人、リグリア人、ケルト人、そしてゲルマン系民族といった、スラブ系を除く欧州のほとんどすべての人種の混合だ。

フランス人をフランス人たらしめているのは、その言葉であり、物腰であり、自由なセンスなのだった。

ジャック・ラ・パリスは、そういう意味で完全なフランス人と言えた。

彼はジュネーブに出かけると、いくつかのルートから情報を得、また、実際に巨城のようにそびえるフェニクサンダー・コーポレーションの本社へ足を運んだりした。

そうして彼は、たちまちひとりの人間をはじき出した。

その男の名は、ハンス・エルハルト。四十三歳のドイツ人で主計課の三人いる課長のひとりだった。

ハンス・エルハルトは、ある没落貴族の末裔であり、常に現状に満足することがないという不幸な性格の持ち主だった。

そのために結婚にも失敗しており、離婚の際に多額の慰謝料を申し渡された。

彼は、月々別れた妻へ養育費とともに、その慰謝料を分割で支払わねばならず、金銭的にはいつも苦しい思いをしていた。

にもかかわらず、生活はどちらかというと派手で、美食を好み、若い女性を好んだ。

ハンス・エルハルトは、金と女という二重の弱味を持っていた。

ジャック・ラ・パリスは、彼が、絶対に社内でひとつは女性関係の問題を起こしているはずだと予想し、また、どこかに多額の借金があるに違いないと睨んだ。

彼の考えたとおりだった。

女にも贅沢《ぜいたく》なハンス・エルハルトは、秘書室に集中しているモデルのような美女たちの何人かに手を出していた。

ハンス・エルハルトは、確かに女性から見て魅力的ではあった。よい家柄で育った上品さがあったし、教養も豊かだった。

スポーツをよくこなし、体格も申し分ない。

地味な役職にあるが、きわめて自分を売り込むのがうまく、仕事もできた。

問題は、彼がひとりの女性を、深くまで見つめようとしない点だった。そのため、ひとりでは満足できず、愛人を作っても、他の女の個性を求め続けた。

金銭面では、驚いたことに、銀行が彼に金を貸していた。

彼の故郷にある土地か家屋敷がものをいっているのだと、ラ・パリスは考えた。そうとしか考えようがなかった。

ラ・パリスは、ジュネーブのホテルから、イスラエルへ国際電話をかけた。

すぐにダールをつかまえることができた。

ラ・パリスは、ハンス・エルハルトのことを、詳しく話した。

ダールは、満足した。

「すばらしい。よくもこれだけ条件にぴったりの人物を、こんなに短期間に見つけ出せたものだ」

「実は簡単なことでね……。組織で働く人間というものはおもしろいものだ。必ず何人かは、はみ出そうとするのだ。どんな組織でもだ。逆に問題をかかえている人間がまったくいない組織を探すほうがずっとむずかしい」

「なるほど……。われわれの組織のなかにも問題となる人物は必ずいるということかね」

「もちろん。それが、あなたかもしれないし、あなたの友人か部下かもしれない」

「君の手法はきわめて役に立ちそうだ。だが、今のところ、わが組織には必要ないと思う」

「だといいが……。たいていの人間は、そう考えているものだ」

「あとは、われわれの行動専門家が引き継ぐことにしよう。詳しい資料をファクシミリで送ってもらいたい」

「便利な機械だが、私は重要な書類をファクシミリでは送らないようにしている。できれば、直接手渡したい」

「重要な書類……?」

「そう。あなたにしてみれば、ただの顔写真とプロフィールかもしれないが、これは、私が調べ出した情報だ。私にとっては重要な書類なのだ」

ダールはしばらく考えた。

「いいだろう。明日、担当者に君のもとを訪ねさせることにしよう」

ラ・パリスは、泊まっているホテルを教えた。

ダールは言った。

「時間はこちらに任せていただく。君は、担当者に資料を手渡した段階で任務完了だ」

「わかった」

ラ・パリスは電話を切った。

ハンス・エルハルトはどういう扱いを受けることになるのだろう――ふとラ・パリスは考えた。

モサドが利用するということは、エルハルトから何かを聞き出すということだろうと思った。

ラ・パリスは、どんな手段が使われるのかが気になった。手荒なことを想像して心がわずかに痛んだ。

ハンス・エルハルトは、ラ・パリス個人に対しても、またダールたちに対しても害意を持ったことすらないのだ。

ただ、フェニクサンダー・コーポレーションの計理関係の仕事をしており、たまたま、女性にだらしのない生活を送っていたというにすぎないのだ。

しかし、もう事はラ・パリスの手を離れたのだ。彼は、一刻も早く、ジュネーブを離れてしまいたいと思った。

翌朝九時にホテルの部屋に電話がかかってきた。

長年の習慣で、ジャック・ラ・パリスはすでに身じたくを整えていた。

電話に出ると、フロントが来客だと告げた。

ラ・パリスは、すぐにロビーに降りて行った。

ロビーで自分に近づいてきた、モサドのエージェントを見て、ラ・パリスは、ダールがどんな手段を使うかを瞬時に理解した。

ラ・パリスから書類を受け取ったエージェントは、これまで彼が出会ったなかで、まず三本の指に入ることは確かな美女だった。

しかも、ゲルマン民族がこよなく愛するブロンドに青い眼だった。

彼女はすばらしい笑顔を残して去って行った。

10

ジュネーブは、ヨーロッパのなかで最も清潔な都市と言われている。

その清潔さは、レマン湖とそこから流れるローヌ河の澄んだ水に象徴されている。

モンブラン橋を渡り、北のモンルポ公園に至る湖岸の遊歩道はいつも掃除したてのように清潔だ。

ハンス・エルハルトは、ひとりで夜をもてあましていた。

その日に限って、ガールフレンドが誰もつかまらなかったのだった。

それも無理はなかった。彼はたいへん忙しく、仕事が一段落したときには、女友だちはみんなその日の予定を決めて町へ出たあとだったのだ。

彼は、レマン湖が見渡せるプレジデント・ホテルのバーラウンジで食前の一杯をやっていた。

ジュネーブは、きわめて清潔で安全な町だが、こういう夜はあまりありがたい町ではないなとハンス・エルハルトは思った。

例えばパリの裏町はたいへんよごれていて、治安も悪い。だが、夜の男の欲望を手っ取り早く満たす方法は、すぐに見つかるのだ。

ハンス・エルハルトは、二杯目のマティーニをバーテンダーに注文した。

そのとき、彼の右側で甘いゲランの匂いがした。エルハルトの好みの香水のひとつだった。

「私にもその人と、同じものをちょうだい」

ハンス・エルハルトは、隣りにすわった女を見て驚きを隠せなかった。

ドイツのたいていの男が求めてやまないブロンドに青い眼の美女だった。

体つきはほっそりとしているが、胸と腰のボリュームは眼を見張るほどだった。全身から優雅な芳香を発しているようだった。

しなやかだが、力強さを秘めた鹿のような女だった。

彼女は眼と同じ色のシルクのナイトドレスを着ていた。背と胸が広くあいている。

ハンス・エルハルトは一目で彼女に参ってしまった。

神が仕《つか》わしてくれた女性だと彼は真剣に考えた。

「美しいドイツ語だ」

エルハルトは言った。「美しいゲルマンの響き……」

彼女は、一瞬女性らしい警戒の表情を見せた。

エルハルトはすかさず上品に笑って見せた。貴族の血が可能にさせるきわめて優雅でしかも自信に満ちた力強い笑顔だ。

この笑顔は、エルハルトの女性に対する武器のひとつだった。

ブロンドの美女はエルハルトに負けない上品なほほえみを返してきた。

「あなたのドイツ語もきれいね」

「当然だ。私は純粋なドイツ人として教育を受けた。名前はエルハルト。ハンス・エルハルトだ」

「ロッテ・ヴァン・ベルク」

「驚いたな……。貴族の名だ」

「驚くことはないわ。純粋なドイツ人である証《あか》しよ」

エルハルトは、ますます神に感謝をしたくなった。

ロッテ・ヴァン・ベルクは、今彼が付き合っている何人ものガールフレンドが束になってもかなわない魅力と血筋の持ち主だった。

現代社会では、血筋や育ちなど取り沙汰するに値しない問題だと考えられるようになり、それは一面たいへんよいことなのだが、エルハルトはちょっと違った考えを持っていた。

良い血筋とか育ちというものは、隠そうとしても自然とにじみ出るもので、それは、豊かな人間関係においてきわめて重要な役割を果たす――彼はそう信じていたのだった。

バーテンダーがふたりのまえにマティーニを置いた。

「乾杯していただきたい」

エルハルトは、グラスの脚を指でつまんで持ち上げた。「今夜の素晴らしい出会いのために」

「喜んで……」

ふたりは、見つめ合いながら一口、マティーニを味わった。

「スイスはいい国だわ」

ロッテ・ヴァン・ベルクは、レマン湖を眺めて言った。「清潔で安全だし、言葉に不自由しないわ」

「そう。確かにここではフランス語もドイツ語も通じる。言ってみれば、スイスは国中がホテルのようなところだ」

「まったくそのとおりね」

「スイスへは旅行できたの？」

「そうよ。一週間ほどのんびりするつもりよ。あなたはここで働いているの？」

「そう。もう二十年近くなるかな。知らないうちに時が経ってしまった」

「両親はドイツに？」

「そう。ブレーメンにいる。残されたわが家の唯一の財産である小さな城を守っている。君はどこに住んでるんだ？」

「ハンブルクよ」

「近いな。同じ北のほうだ。職業を当ててみようか？」

彼女は秘密めいた笑いを浮かべた。

「たぶん当たらないわ」

「ファッションモデル。違うか？」

「口がおじょうずね」

「本当にそう思ったんだがな……」

「やっぱり当たらなかったわ」

「じゃあ、女優か何かだろう」

「当分当たりそうにないわね。私はもっと堅い仕事に就《つ》いているのよ」

「堅い仕事？」

「そう。銀行につとめているの」

このひとことはハンス・エルハルトにとって別の意味でたいへん魅力的だった。

「ほう……。銀行員には見えないがね……」

「頭取の秘書のひとりよ」

ハンス・エルハルトは、マティーニを一口ふくみ、できるだけさりげない口調で訊いた。

「秘書というのは、ボスに対して、ある程度影響力はあるのかな?」

「影響力?」

「ああ……。その……、例えば、頭取に会いたいと誰かが君に頼んだとする。そういった便宜《べんぎ》をはかることができるのか、といった意味だ」

「なあに?　仕事の話?」

「これは失礼……。ついこんな話になってしまった」

「かまわないわ。頭取に紹介してくれという人は大勢いるわ。たいていは、うまく紹介してあげることができるし、そういった場合は、正面玄関からくるよりも商談が円滑に運ぶケースが多いわ。とにかく信用が何より大切な世界ですからね」

「よくわかるよ」

「ところで、ヘル・エルハルトは、どういうお仕事をしてらっしゃるのかしら？」

「フェニクサンダー・コーポレーションという会社を知っているかい？」

「大きな会社だわ。世界中のたいていの人が知ってるはずよ」

「私は、そこの計理関係のセクションで主計課長をやっている」

「なるほど、お金に関心を持つはずだわ」

エルハルトは、うまく仕事上のことで銀行に関心があると思わせることに成功したと考えていた。

「さ、もっとゆっくり話ができる場所へ移らないか。私は食事がまだなんだ」

「残念だわ」

ロッテ・ヴァン・ベルクは意味ありげに流し眼を使い、ほほえんだ。「ごいっしょしたいのだけれど、今夜は先約があるの」

「せっかくの奇跡的な出会いの夜なのに……」

「明日の夜はいかが？」

「まったく問題ない」

「私はこのホテルに泊まってるわ」

「八時に迎えに来る」

「待ってるわ」

ロッテ・ヴァン・ベルクは、ふわりと立ち上がるとゲランのかおりを残して去って行った。

ハンス・エルハルトは、その瞬間、他のすべての女性のことを忘れていた。

翌日、午後八時にエルハルトはホテルに着き、フロントにたのんで、ロッテの部屋に電話してもらった。

「待ってたわ」

ロッテの声を聞いて、エルハルトはほっとした。彼女が本当にこのホテルに泊まっており、彼の迎えを待っているという保証など何もなかったのだ。

「バーで待っている」

「すぐに降りて行くわ」

エルハルトはディナージャケットを会社のロッカーに用意してあり、それを着ていた。

昨夜と同じ席が空いていたのでそこにすわり、バーテンダーにマティーニを注文した。

一杯空くころ、ロッテが現われた。コロンのかおりでわかった。

ロッテ・ヴァン・ベルクは、昨夜とはうって変わって、深いバラ色のドレスを着ていた。襟ぐりは昨夜のドレスよりはひかえめだったが、脇の深いスリットが挑発的だった。

そのスリットから、時折、すらりとしたすばらしい形の脚がのぞくのだ。

エルハルトは前夜にも増して、あからさまな欲情を感じた。

彼らは、エルハルトのなじみの店でラインワインを飲みながらゆっくりと時間をかけて食事をした。

ロッテは聡明な女性だった。

エルハルトは時間がたつにつれ、どんどん彼女の魅力の虜《とりこ》になっていった。

エルハルトは、育ちのせいでひかえめな性格をしており、女性と関係を持つにも時間をかけて慎重にやるほうだった。

しかし、その夜は違っていた。

エルハルトは、絶対にロッテを手放すまいと考え続けており、いつの間にか、彼のアパートメントへやってきていた。

部屋は、契約しているルームメイドがきれいに整頓してくれていた。

ハンス・エルハルトは、冷蔵庫からシャンパンを出してきた。

ふたりはソファーで再び乾杯をした。

シャンパンを飲み干すとふたりは、自然に唇を重ねた。ロッテは積極的に口づけにこたえ、エルハルトをますます熱くさせた。

彼らはソファーで抱き合い、体のあちらこちらを優しく撫で回し合った。

やがてふたりは、互いの衣服を脱がしながら徐々に寝室のほうへ向かった。

エルハルトがうまくリードし、ロッテは、素直にしたがった。

ベッドへたどりついたときは、ふたりとも全裸だった。彼らは抱き合ったまま、ベッドに倒れ込んだ。

そのまま激しく唇を求め合った。

エルハルトは、これほど興奮したのは久し振りだった。彼は、ロッテのすべてを愛そうとした。

夢のなかで、喉《のど》がかわききり、水を飲んでいるような気分だった。どんなにむさぼってもまだ満たされない気持ちでいた。まるで、ティーンエイジャーのようだった。

ロッテは、一度はひかえめにエルハルトを受け入れ、二度目には、多少刺激的にエルハルトを攻めた。

ロッテもエルハルトも、すべてを忘れて、声を上げていた。

ロッテは、感触も、動きも、声も、かおりも、何もかもすばらしかった。エルハルトは、生まれてからこれが最高の夜だと思った。

空が白み始めるころ、ふたりは、ようやく心から満たされて、激しい愛の交わりを終え、そのまま、眠りに落ちた。


ハンス・エルハルトは、たった二日で、ロッテ・ヴァン・ベルクを心から愛するようになっていた。

恋に落ちた高校生のようなものだった。会社にいても、すぐさま、彼女のもとへ飛んで行きたくなるのだった。

三回目のデートは早目に切り上げた。

エルハルトは、気持ちは昂《たか》ぶってはいたが、さすがに昨夜の疲れが残っていた。翌日は週末だったので、ハンス・エルハルトは、ロッテに自分の車でスイスを案内すると申し出た。

ロッテはたいへん喜んだ。

エルハルトは、朝九時に、プレジデント・ホテルのまえに、BMWを駐《と》めた。すでに、ロビーでロッテが待っていた。

エルハルトはツイードのスポーツジャケットに綿のワイシャツ、モスグリーンの絹のアスコットタイという出立ちだった。

ロッテ・ヴァン・ベルクは、夜とはうって変わって、ぴったりとしたコットンの白のパンツをはき、明るいブルーのスウェットセーターを着ていた。

いつもより若々しく見えた。

実際、エルハルトには、ロッテがいくつなのか見当もつかなかった。

よく引き締まった体は二十代のものだ。だが、男を楽しませる会話のウィットや、ベッドのなかでの技術やマナーはどう考えても三十歳を越えた女のものだった。

今、こうして陽光のなかで笑っている彼女は、十代といってもおかしくはなかった。

エルハルトは、彼女のすべてを一刻も早く知りたいと思った。しかし、その気持ちに反して、彼はほとんど何も訊くことはできなかった。

彼は、彼女が独身であるかどうかすら知らないのだった。今は、そんなことはどうでもよかった。

とにかく、彼女といっしょにいることだけが大切に思えるのだった。

エルハルトは、彼女のために車のドアを開けてやった。

「いい天気だ」

彼女はサングラスを取り出した。

セーターの色とマッチした、淡いブルーグレーの上品なサングラスだった。

「ゆうべは早く帰ってよかったわ。朝にはあまり強くないの」

本来、不健康な女性は好みではないのだが、今のエルハルトには、まったく問題ではなかった。

「外へ出れば、すぐに眼が覚める。さ、出かけよう」

彼は、運転席に戻り、車をスタートさせた。

「まずは、レマン湖ぞいを走ろう。この湖の中央を国境線が通っている。南側はフランスだ」

BMWは、すぐに、静かな別荘地ヴェルソアにさしかかった。

「素敵なところだわ」

「そう。古き良き時代のわが祖国を思い起こさせる」

「あら、ドイツは今だって昔と変わっていないわ」

エルハルトは肩をすぼめた。

「少なくとも私にとってはそうではない。私は昔のドイツしか覚えていない」

「ずっと帰ってないわけ？」

「そう」

「何か事情がおありなのかしら？」

　エルハルトは肩をすぼめた。

「別に……。仕事に夢中だっただけだよ」

　勝手に家屋敷を抵当に入れて、銀行から金を借り続けているため、両親とは顔を合わせにくいことや、その借金のため、必死で働き続けなければならないなどということは、絶対に口に出したくはなかった。

「男の人が仕事を大切にするのはいいことだわ。私は、職場を戦場と考えているような男性が好きだわ」

「まさに、金融エグゼクティブの秘書らしい発言だ」

「あら、私、あなたのことを言ったつもりなんだけど」

　エルハルトの心はくすぐられた。

　今の彼は、経験豊富な中年男ではない。恋に頰を染める、純情な少年と変わらなかった。

男という動物は、どんなに世間の垢《あか》にまみれようと、ふとしたきっかけで容易にそういう状態になってしまうものだ。

「ありがたい言葉だが、買いかぶりかもしれない」

「そうは思わないわ。私はビジネスマンを見る眼は確かよ」

エルハルトは冗談めかして尋ねた。

「じゃあ、私だったら、君のところの頭取に紹介してもらえるというわけだね？」

「そうね……。充分に権利はあると思うわ」

エルハルトは、表情を変えないように努力していた。

金や仕事のために彼女と付き合っていると思われたくなかった。

それは、頭取を紹介してもらうためにも気をつけなければならないことだった。

「仕事の話は忘れよう。景色を楽しもうじゃないか」

「そう。確かにすばらしい景色ね。でも、美しすぎておもしろ味に欠けるわね」

「スイス人の欠点のひとつだ。不調和を嫌うのだ。それも、表面的な不調和を。ある程度のアンバランスやアンビバレンツが人生を楽しくさせるということを信じようとしない」

「たいへん閉鎖的な人々らしいわね？」

「スイス人か？　観光客には親切だ。だが、よそ者に絶対心を許さない。スイスの金融業はその閉鎖性ゆえに信用を得ていると言っていい」

車はレマン湖岸を離れ、ベルンへ入って行った。ジュネーブは国際都市だが、ベルンはスイスの郷土色豊かな町だ。

一本道の真ん中に、いくつもの噴水が連なる。その噴水にはさまざまな彫刻が立っている。

この町で最も古い建物である時計塔のそばには、赤ん坊を食べる食人鬼の彫刻がある。

この日は、ベルンに宿を取っていた。サボイ・ホテルだった。

夕食のとき、ロッテはふと真剣な眼差しになって言った。

「私、あなたのお役に立ちたいわ」

「どうしたんだ、急に」

「とても楽しい旅になったわ。だからお礼がしたいのよ」

「そんなことはいいんだ」

「いいえ、これは私のためにもなることなの」

「君のためにも？」

「フェニクサンダーとの窓口ができるというのは、私たちの銀行にとってもメリットがあることだわ」

エルハルトは、心のなかで歓声を上げたが、決して顔に出さなかった。

「それは私にとっても願ってもないことだ。頭取か重役に紹介してくれるというわけだね？」

「さっきも言ったとおり、充分に権利はあるわ。ただ……」

「ただ、何だね？」

ロッテはさらに真剣な表情になって言った。

「実は、そのつもりで事前調査を銀行の専門家にたのんだの。そうしたら、ちょっと疑問点が浮かび上がったというわけ。ごめんなさい。勝手に調査するなんて不愉快でしょうね」

「かまうもんか。ビジネスの世界では当然のことだ。……で？　その疑問点というのは？」

「あなたの会社は、日本の何かに多額の投資をしているらしいんだけど、そのお金の行き先がわからないの」

「日本？」

「何か心当たり、あって？」

「いいや」

エルハルトは本当に知らなかった。彼はロッテの言葉をまったく疑っていなかった。

「わかった」

彼は言った。「すぐに調べてみよう」

11

研修の最終日は土曜日だった。

この日の講義で、真田は初めて間近に二代目夢妙斎を見ることになった。最後の講義の講師は、二代目夢妙斎本人だったのだ。

肩にかかる程度の髪を、すべて後方へ流している。眼光は鋭かった。声が大きく、活力を感じさせる人物だった。

彼は変哲のない三つ揃いのスーツを着ていたが、その襟には、大きな金色のバッジが光っていた。

雷光教団のバッジだった。

真田は恵理に諭《さと》されてから、どんな人物からどんな話を聞かされても動揺を感じるようなことはなくなっていた。

二代目夢妙斎は、自信に満ちた口調で、この世と霊界の関係を語った。真田は、熱心に話を聞くふりをして、彼の観察を続けていた。

リングで見たときよりも一まわり小さく見える。身長はせいぜい百七十センチ前後だった。

体重はおそらく六十キロ弱。

格闘技家の体格ではない。しかし、ここに、武術と格闘技の差がある。

一流武術家というのはどちらかというと、体格に恵まれない人物が多い。

二代目夢妙斎も例外ではないのだろうと真田は思った。

この間、何度か早乙女と連絡を取ったが、二代目夢妙斎がどこの国にいたのか、そして彼の経済的後ろ楯は何なのかは、まだわからずにいた。

講義は終わり、真田は正式に雷光教団の宗徒の資格を得た。このとき、いっしょに信者になったのは七名。女性五名、男性二名と、やはり女性が多かった。

帰りに受付に寄り、日曜日も雷光新武術は稽古をしているのかどうか尋ねた。しているという返事だったので、真田は翌日、さっそく道場へ行くことに決めた。

部屋に帰り着いたとたんに電話が鳴り出した。

相手はわかっていた。通常回線の電話ではなく、引き出しに入れてある番号ボタンのついていない赤い電話が鳴っていたからだった。

真田は電話を机の上に出し、受話器を取った。

「まるで、俺が帰る時間を予測しているみたいですね」

早乙女がこたえた。

「みたい、ではなく、そのつもりだが……」

「何か進展があったのですね」

「広瀬晴彦という名の人物が約一年前、確かに入国している。入国する直前にいた国は西ドイツだ」

「西ドイツ……」

「そのまえの足取りはまったくつかめない。彼は、公安のリストにも載っていない。ノーマークの人物だ」

「しかし、彼が持っていたのは、本物のパスポートではない……。そうですね」

「そうだ。偽造パスポートだった」

「偽造パスポートを使い、偽名で入国しても、公安のリストには載らないというわけですか」

「当然そういうこともあり得る。広瀬晴彦については、今回、初めてその事実が判明したのだ。彼に余罪はないのだからな」

「でも、これで彼の犯罪が明らかになったわけですね。少なくとも入国管理法に違反している」

「警察には知らせていないよ」

「ほう……？」

「君が雷光教団への潜入を決めてから、私は、極力警察には秘密で事を運ぶようにしている。入国管理法違反だって？　彼ほどの人物が、そんなちっぽけな罪で尻尾を出すはずがないだろう」

「もうすでに手を打ってあるというのですか」

「そう。調べた結果、入国した広瀬晴彦という人間はもうどこにも存在していない。二代目夢妙斎は、戸籍上も立派な東田夢妙斎となっているのだ」

「初代夢妙斎の身内になっているわけですか？」

「戸籍上は、養子という形になっている。金で法律上の抜け道を探し、手続きをすべて請け負う類《たぐい》の連中がいる。おそらく、そういった人間をうまく利用したのだろう」

「なるほど……。金にはまったく不自由していないようですからね」

「その点については、まったく手がかりなしだ。二代目夢妙斎の国際電話の相手が誰か、わかると話も違ってこようが……」

「それは、俺に調べろという意味ですね」

「そうは言っていない。無理は禁物だ。今の君の役割は、あくまでも二代目夢妙斎の身近に潜入し、彼の動きを探ることだ。私は、それ以上のことは望んでいないよ」

「あなたがそういう言いかたをするときが、一番おそろしい」

「考えすぎだ」

「ところで中東情勢は、本当のところ、どうなっているのですか？」

「中東情勢？　ヨセレ・ザミルが恋しくなったのかね？」

「いえ。でも、彼の力がいつ必要になるかわかりません」

「リビアが、神経ガス、マスタードガスなどの化学兵器を作り始めてから、中東の緊張の度合も高まったというところかな」

「モサドはますます釘付けですか？」

「この事態がいつまでも続くとは思えん。イスラエルとアメリカは、あくまでヨルダンをパレスチナの代表として対話をしようという政策を進めてきた。だが、ヨルダンは、パレスチナからあっさりと手を引いてしまった。アメリカはあわてているが、イスラエルとPLOは、今互いに直接交渉の方策を探し始めている。これまでPLOは、イスラエルという国を認めていなかったが、PLO内部にもイスラエル容認派の勢力が強まっていると聞く」

「話し合いは望めないが、どこかの時点でバランスがとれるということですか」

「そう。その日はおそらく近い」

「あるいは、第五次中東戦争勃発《ぼっぱつ》の日が……？」

「どちらに転ぶか、だな……」

「あなたらしくない、いいかげんな言いかたですね」

「私個人としては、中東戦争は起きないと踏んでいる。米、ソ、イスラエル――今、戦争を起こして得をする国はない」

「モサドは、中東戦争回避のために、フル稼働を強いられているわけですからね」

「そちらから二代目夢妙斎についての報告はないのかね？」

「今夜、初めてわれわれ新入宗徒のまえに姿を現わしましたよ」

「神々しい人物だったかね？」

「いいえ、まったく……。芳賀恵理に言わせると、彼には霊能力などないそうです」

「だが、いろいろと他の能力はありそうだな」

「そう。例えば経営能力……」

「また連絡する」

　いつものように早乙女のほうから電話を切った。

　真田は、日課になった山の民の拳法の基本練習をしてベッドに入った。

雷光新武術の昼の部の練習時間は、午後三時から五時までだった。

真田は、午後二時半に道場に着いた。ウィークデイより練習生の数が多かった。

受付の女性はすでに真田のことを覚えていた。彼を呼び止めて、受付嬢が言った。

「雷光新武術のユニフォームをおあずかりしています」

「ユニフォーム？」

「そう。あなたのです。安藤師範に言われて用意しておきました。あなたは、研修が終わったらすぐに新武術の道場にくるはずだと……」

真田は礼を言って、黒いユニフォームを受け取った。代金は三万円ということだった。真田は持ち合わせが心細かったので、次の練習日に払う、と言った。

黒い袖なしの上衣、しなやかな生地のズボン、シンガード付きのキックブーツの三つで一セットだった。

グローブや防具はセットのなかには入っていない。おそらく、上級になってから買うことになるのだろうと真田は思った。

さっそく、ユニフォームに着替えて道場で体をほぐした。

道場の先輩たちは思いおもいのスタイルでウォーミングアップをしている。

『木立ち』を一心に繰り返している者もいれば、サンドバッグに向かって『居当て』を行なっている者もいる。

初心者は、床にすわって柔軟体操をしていた。真田は、柔軟体操の組に混じっていた。

運動場の良し悪しは床で決まる。適度なバネがないと、裸足で行なう空手や剣道などの選手はすぐに踵の痛みやアーチ痛と呼ばれる土踏まずの痛みを起こしてしまう。床の表面ではなく、下部構造が問題なのだが、真田は、この道場の床には充分に金がかけられていることがすぐにわかった。

衝撃をうまく吸収する構造になっているのだ。

三時ちょうどに、師範たちがユニフォーム姿で現われた。安藤二級師範もいた。

正座をして、神前に礼をすると、稽古が始まった。

安藤二級師範は、真田のところへ近づいてきた。

「やあ。さっそくやってきましたね」

「これが目的ですからね」

「初めての人は、上級者が付ききりで、練習の方法や作法、そして基本を教えることになっています。私がお教えしましょう」

「師範がじきじきにですか？」

「すばらしい体格をしている。格闘技家の体格だ。あなたもすぐに、私と同じく二級師範になれますよ」

「自衛隊のレンジャーで空手を習ったことがあります」

「やはりね……。少し格闘技をかじった程度とはまったく違う。では、さっそく始めましょう。こちらへきてください」

安藤は真田をサンドバッグのところへ連れて行った。

真田は尋ねた。

「初心者は、あの柱のところへ行って『木立ち』というのをやるのだと思っていたのですが……？」

「ひとりひとりの体のでき具合、武術経験、武術センスなどによって、スタートラインも違えば、進みかたも違います。だから、雷光新武術を学ぶ者は、驚異的に短い時間で強くなれるのです」

「指導者がたいへんですね」

「宗祖は、そのためにたいへん細かいチェックリストを作り、私たちはそれに従って技を教えていくのです」

安藤は、サンドバッグを指差した。「さ、自由にあれを打ってみてください」

真田は、サンドバッグのまえに立ち、空手の組手式に構えた。サンドバッグとの距離は空手の間合いだった。

この道場では、山の民の拳法を身につけていることを、隠さなければならない。

真田は、空手の追い突きでサンドバッグを打った。一歩進み、出した足と同じほうの手で突くのだ。空手の最も基本的な移動技だ。

真田の一撃はすばらしかった。出足は早く、拳は、ぎりぎりまでためて、腰のひねりを充分に生かして突き出した。体重が乗っていた。

真田の突きで、サンドバッグは約九十度の角度まで跳ね上がった。

次に真田は、同じ間合いから、前足を送っての逆突きを決めた。

逆突きというのは、出した足と手が逆になる突きだ。ボクシングのストレート・リア・パンチと同じで、破壊力は突きのなかで最大だ。

今度もサンドバッグは大きく揺れた。

さらに、刻み突き、逆突きのワンツーも試した。リズミカルで、早く、なおかつ力強いワンツーだった。

ワンツーは、近代空手競技の中心的突き技となっている。

刻み突きの衝撃で揺れ始めようとするサンドバッグに逆突きが決まり、サンドバッグはまた宙に舞った。

「これはすごい」

安藤師範はうれしそうに言った。「たいへんな実力だ。このサンドバッグをこうも軽々と揺らす人は、この道場にも、何人もいないでしょう」

彼は、サンドバッグのまえに立った。

距離は真田のときよりずっと近かった。

彼は、一歩インステップして、ジャブのように前手を突き出した。てのひらは開いている。小さな動きだった。

鈍い大きな音がして、サンドバッグが跳ね上がった。

見事な『打ち』だった。雷光新武術では『居当て』と呼んでいることを真田は思い出した。

真田の突きは、モーションも大きく、スピードもあり、見るからに破壊力がありそうだった。そのため、サンドバッグが大きく揺らぐのもそれほど不自然な光景には見えない。

しかし、安藤の『居当て』はそうではなかった。

わずかのインステップ、小さな手の動き、それで重たいサンドバッグが弾け飛ぶのだ。それは、たいへん不可思議な光景だった。

安藤は真田のほうを向いた。

「真田さんは、すでにパンチに体重を乗せるコツをご存じのようだ。すぐにこの『居当て』もできるようになりますよ」

「だといいんですがね」

「中国拳法の奥義といわれる『発勁《はっけい》』も、この『居当て』と共通する点が多いということです。つまり、体のうねりを利用するのですよ。空手家も、ヘボな空手家ほど体を固く使うことしか知らない。うまい空手家ほど、体を鞭《むち》のように柔軟に使うでしょう」

「そうですね。でも、俺はヘボな空手家のほうだから……」

「だからこれから練習するのですよ」

安藤は真田に具体的な指導を始めた。

雷光新武術の『居当て』は、やはり山の民の『打ち』とまったく同じだった。

真田は、故意に空手の癖を出して見せなければならなかった。

「サンドバッグを殴ろうとしてはだめです」

安藤は言った。「むしろ、サンドバッグの後ろまで、力を突き通すようなつもりで当てるのです」

真田は何度も『居当て』――山の民の『打ち』を繰り返した。

できることを、できないふりをするのもつらいものだと彼は思った。十回に一回くらいは、軽く『打ち』を放ってやった。そのときは、実に小気味よくサンドバッグが揺れた。

安藤は眼を丸くしていた。

「こんなに覚えの早い人も珍しい」

「後楽園での印象が強かったですからね……」

「この『居当て』が、雷光新武術のすべてと言っていい。どんなにいろいろな技が出てきても、決めは必ずこの『居当て』を用いるのです。むしろ、その他の技は、『居当て』を使うために、相手に近づくための工夫と考えてもいいくらいです」

「蹴り技もあるのでしょう」

「あります。しかし、雷光新武術は、蹴りよりもこの『居当て』を重視します」

「空手界では、蹴り技に高いポイントを上げるような風潮にありますがね……」

「競技の世界はどうか知りません。しかし、実戦では、インファイトして接近戦に持ち込んだほうが有利なのです。そして、雷光新武術は『居当て』の破壊力に自信を持っているのです。蹴りはあくまで主従の従です」

「なるほど……」

「さ、もうしばらく『居当て』の練習をしてください。おそらく、今日は一日、その練習で終わるでしょう」

真田は言われたとおりに、サンドバッグに向かった。

安藤は他の稽古生を指導に行った。

真田は、稽古を続けながら、道場のなかの様子をさぐった。

師範は三人きていた。稽古生は約三十人いる。

稽古生の三分の一はまったくの初心者だった。

さらに残りのうちの半分は、まだ雷光新武術をものにしていない。

約十名が、即戦力となり得る実力を持っていると真田は読んだ。特に、そのうちの四人は、準師範クラスの実力があると思った。動きがしなやかで無駄がないのだ。

「一同注目！」

道場の入口付近で大きな声がした。

全員稽古をぴたりと止めた。

ゆっくりと二代目夢妙斎が道場に入ってきた。

「宗祖さまに、礼！」

誰かが大声で言った。

全員がその場で礼をした。

真田もそれにならった。彼は、まさか稽古の初日から道場で二代目夢妙斎に会えるとは思っていなかった。稽古が再開された。真田は、あいかわらず適当に『居当て』を繰り返していた。

ふと視線を感じて、彼は思わずそちらを見た。

彼は、はっとした。

二代目夢妙斎が、真田をじっと見つめていたのだった。

理由はわからなかった。真田は、動きを止め立ち尽くしていた。

12

二代目夢妙斎の眼は鋭かった。

真田は眼をそらすことができずにいた。そのうち、二代目夢妙斎のほうから視線をそらした。

真田は呪縛を解かれたような気分になった。彼は流れる汗をぬぐい、再びサンドバッグに向かった。

二代目夢妙斎は、一級師範と何やら相談していた。

その一級師範は、全員の稽古を一時やめさせた。

「上級者、前へ」

一級師範が言った。

真田が読んだとおり、九人の若者が前へ出た。全員、上腕三頭筋、広背筋、三角筋、僧帽筋、大腿四頭筋などが発達している。

初心者や下級者は、道場の後方で正座をした。真田は、いちばん後ろにすわった。

二代目夢妙斎が言った。

「神の御技をこれから伝授いたします。皆さんが学ばれるのは、私がご神託によって与えられた技ですから、人前でみだりに使ったり、また、他人を傷つけるためだけの目的で使用することは許されません。その点を正しく理解してください」

二代目夢妙斎による直伝会《じきでんかい》が始まるのだ。

九人の若者が全員横一列に並んだ。彼らはスーパーセーフの面と胴をつけた。

まずひとりめが、二代目夢妙斎のまえに立って礼をした。二代目夢妙斎も礼を返す。

稽古生は、正しく雷光新武術の構えを取った。

右前の半身で、両拳をにぎって胸のまえに掲げている。

膝をわずかに曲げ、左足の踵を浮かせている。

二代目夢妙斎は両手をだらりと垂れ、右半身になっている。ほとんど棒立ちに見えるが、やはり、膝をわずかにためている。立ちかたは、自然体の『レの字立ち』だった。

二代目夢妙斎は一切プロテクターをつけていない。顎を引き、わずかに上眼づかいに相手を睨みつけている。

稽古生は、蛇に睨まれた蛙だ。打ち込もうにも、その隙がない。

二代目夢妙斎のほうから動いた。

すっと右足を出し、左足をそれに寄せる。間合いが狭まった。

相手は思わず一歩退《さ》がろうとする。体重が後方へ移る。

その瞬間に、二代目夢妙斎は飛び込んでいた。

稽古生は、反撃の間もなく、後方二メートルへ吹っ飛んでいた。

ちょうど、退がろうとするところに、『居当て』を食らったのだ。

二代目夢妙斎は、倒れた稽古生が起き上がるのに手を借してにやりと笑った。

「これが『疾風《はやて》』です」

彼は言った。「気で相手を圧倒していき、相手が逃げ腰になったときに、一気に『居当て』を決めます」

二代目夢妙斎は、次の稽古生を呼んだ。

ふたりめの相手は、絶えず動いて、間合いを変化させた。

二代目夢妙斎はまったく動いていないように見えた。しかし、真田は、彼の足が相手の動きに合わせて、ごくわずか――ほんの二、三センチずつ前後しているのに気づいた。

剣道の達人が間合いを盗むときに使う『ふくみ足』という足づかいだった。

稽古生が、前へ出ようとした瞬間、夢妙斎がすっと近づいた。

稽古生はたたらを踏んだような恰好になった。二代目夢妙斎は、半身のままで入って行った。

相手はそのまま倒れていた。速すぎて、武道の心得のない者が見たら何が起こったのかわからなかっただろう。

また、倒された相手も、何をされたのかわからなかったに違いない。

真田はまったく別の意味で驚いていた。彼は辛うじて二代目夢妙斎の動きを見取ることができた。

二代目夢妙斎は、半身のまま踏み込み、自分の右足を相手の足の後方に置いた。それと同時に、てのひらを、相手の顔面にあてがったのだった。

このとき、てのひらを返した形になっていた。つまり、外側に払うような動きになったのだ。

どこにも力みはなかった。しかし、一瞬だが『打ち』——雷光教団の言う『居当て』を使ったのは明らかだった。

真田はそのことに驚いたのだ。『居当て』は、ただまっすぐに攻撃するだけではなく、今のように横に払うような使いかたがあることに初めて気がついたのだ。

二代目夢妙斎は言った。

「これが『波返《なみがえ》し』。相手の動きが激しいときに有効です。こうして倒すやりかたと、そのまままっすぐ当ててやるやりかたとがあります」

こうして、技に名前をつけて呼ぶのは古武術の特色だった。昔の人々は、自然現象などに技をたとえて、その連想で技を記憶していったのだといわれている。

三人めの相手は、明らかに実戦空手の動きがまだ体にしみついていた。

いわゆるランニング・キックという足運びで、一歩踏み出しながら、無謀にも上段回し蹴りを放った。

一《いち》か八《ばち》かという気持ちだったのだろうが、実力が上の者に、大技は絶対に通用しない。

二代目夢妙斎は、相手が蹴ったと同時に、体を床に投げ出していた。そのまま、相手の軸足を踵で蹴りやった。

おもしろいように相手は軽々とひっくり返った。夢妙斎はそのまま、倒れた相手の手を取り、腕ひしぎ十字固めに決めた。

相手は固め技が充分に効いていることを示すために、何度か床を叩いて見せた。

夢妙斎は技を解いて立ち上がった。

「今のが、皆さんもよくご存じの『草眞い』です。『草眞い』は今のような場合が最も効果的です」

さらに、夢妙斎が四人め、五人めと相手をしていくうちに、真田は気づいた。

彼は、まったく打ち合わせなしに、自由に『立ち合い』をやりながら、実はそれがそのまま演武になっているのだ。

これは、相手と相当の実力差がないとできないまねだった。

最も実力がありそうな四人を残すだけとなった。

まずそのうちのひとりが二代目夢妙斎のまえに立った。雷光新武術の構えを取ったが、やはり、今までのどの稽古生よりもさまになっていた。

体の軸がまっすぐで、どこにも余分な力が入っていない。

二代目夢妙斎の眼球がさらに鋭くなる。稽古生はそれでも退《ひ》かなかった。自分の技に自信があるのと同時に、気力が充実しているのだ。

また、戦略上、気に呑まれたら終わりだということを知っているため、必死に耐えるしかないのだった。

夢妙斎が『ふくみ足』でじりじりと間を詰めていく。稽古生は、動かなかった。すでに、間合いは空手の場合よりずっと近くなっている。

手を伸ばせばとどく距離だ。

稽古生は、前足をどんと踏み鳴らした。相手の動きをさそうフェイントだった。

二代目夢妙斎は、そのフェイントに合わせて『居当て』を放った。稽古生はそれをさばこうとした。夢妙斎の腕を外側から内側へ払おうとしたのだ。

ふたりの腕が触れた瞬間、夢妙斎が、すっと体を退いた。相手は、それだけで引き込まれるように前のめりになった。

夢妙斎はそのまま相手の体を押し出した。相手は、両手を床についた。そこから、後方へ『草這い』を放った。

夢妙斎はそれを読んでおり、ふわりと宙へ舞った。そして、四つん這いになっている稽古生の背へ膝から落下した。

もちろん、膝を当てるふりをしただけだ。続いて、稽古生の手首と肩をぴたりと抑え、逆関節に取った。

稽古生は技が効いているという合図に、床を叩いた。

この攻防は、ほんの一、二秒で決まったのだった。

あとふたりを軽くあしらい、夢妙斎は最後の相手を迎えた。

おそらく、最も実力のある稽古生なのだろうと真田は思った。事実、その男は、師範候補生だった。

師範候補生は、向かい合うと、何のためらいもなく、実に素直に『居当て』を発した。

さすがの二代目夢妙斎も虚をつかれ、退かざるを得なかった。

師範候補生は、矢継ぎ早に、左右の『居当て』を発した。

さっそく『疾風《はやて》』をためしているのだった。

二代目夢妙斎は、何発目かの『居当て』を顔面に受けそうになり、さっと片膝をついた。

相手はそこへ蹴り出そうとした。

二代目夢妙斎は、片膝をついたまま、その蹴り足を払った。続いて彼は、相手の手を取って、横捨て身の要領で、崩した。

真田は次に起こったことが信じられなかった。

二代目夢妙斎は、倒れかけている相手の胴を下から『居当て』で突き上げたのだった。片膝をついたままの姿勢で発した『居当て』だった。

師範候補生の体は、高々と舞い上がった。さらに、宙で弧を描いて床に落ちた。他の武術では見られない打ち技と投げ技の複合技だった。

師範候補生は、背を床に激しく打ったようだった。受け身が取れなかったのだ。彼は、苦しげにうめくだけで、起き上がろうとしない。

二代目夢妙斎は、彼に近づき、上半身を起こさせて、平手で背を一打した。

とたんに、師範候補生は元気になった。

ふたりは立ち上がり一礼した。

「さて、おのおの、今見た技を眼の奥に焼きつけておくように。細かい指導説明は、またの機会にします」

夢妙斎が言った。

彼は時計を見た。練習の残り時間はわずかだった。

「安藤二級師範」

二代目夢妙斎が呼んだ。安藤は即座に立ち上がった。「彼は、初めてこの道場に来たんだったね。確か真田さんとか……」

「そうです」

安藤はこたえた。

夢妙斎はうなずいた。

「ふたりともプロテクターをつけなさい」

「は……？　私と真田さんですか？」

「そう……」

安藤は真田のほうを見た。

真田にはどういうことなのかさっぱりわからなかった。彼は二代目夢妙斎の表情を読もうとした。

眼は鋭いが、表情はあくまでもおだやかだった。何を考えているかは、まったくわからない。

真田は立ち上がって安藤のそばへ行った。彼は安藤にそっと尋ねた。

「いったい何を始めようというのです？」

「さあ……。私にもわかりませんよ。とにかく、これをつけてください」

真田はスーパーセーフの面と胴を渡された。体にフィットする白い胴は、つけても動きにくさを感じなかった。

面は、ちょうどボクシングのヘッドギアに、透明なフェイスガードをつけたような形をしている。

面をつけると、かなり視界が狭くなるのを感じた。

「ふたりに『立ち合い』をやってもらいます」

二代目夢妙斎が言った。

安藤二級師範が眼を丸くするのが見えた。

「しかし……」

安藤が言った。「彼は、きょう入門したばかりのまったくの初心者です」

「わかっています」

夢妙斎は言った。「雷光新武術に関してはまったくの初心者でしょう。しかし、何かの武術に長《た》けておられるはずだ。私は、その実力が見たいのです」

安藤は真田のほうを見た。

彼は、スーパーセーフの面越しにそっとささやいた。

「どうやら、あなたは見込まれたらしい」

「何のことです？」

「宗祖は、おそらくあなたの空手の腕を見抜いたのです。実力しだいでは、すぐに師範候補ということも考えられます」

「ほう……。まあ、やるだけやってみますか。どうぞ、お手やわらかに……」

ふたりは、道場の中央に歩み出て向かい合った。

一礼をして、互いに構える。

安藤は右前の半身で、わずかに膝を曲げただけの高い姿勢だった。

一方、真田は左前の半身で、腰を落として低く構えている。

真田は純粋に空手の技だけで戦わねばならなかった。しかし、実力のすべてをさらけ出すわけにはいかない。

手を抜いているように見えないように実力を抑えるというのは、たいへん難しいことのように思えた。

しかし、二代目夢妙斎の正体や本当の目的がまだわかっていないのだから、それをやらなくてはならない。

「では始めてください」

夢妙斎が言うと、一級師範のひとりが開始の号令をかけた。

真田は、相手の様子を見るふりをして考えていた。

師範候補生ということになれば、二代目夢妙斎から直接指導される機会も多いだろう。それだけ、彼に近づけるわけだ。

安藤の実力がどの程度かわからないが、そこそこの実力を見せて、師範候補生になっておいたほうが得策かもしれない――。

安藤が間合いを詰めてきた。

真田は、空手の間合いまで退がろうとして、思いとどまった。さきほどの『疾風《はやて》』を思い出したのだ。

逆に真田は、その瞬間に速攻に出た。

左の刻み突きを出したと思うと、すぐさま右の逆突きを出した。

さらに、もう一度、左を、リード・フック気味に流した。

スーパーセーフの面の特性からいって、左右からのフックや、回転技は見にくいはずだと読んだのだ。

思ったとおり、最初のワンツーはかわされたが、三発目のリード・フックは顔面にヒットした。

真田は、さらに一歩、二歩と小刻みに踏み込んで、刻み突き、逆突きのワンツーを放った。

刻み突きがフェイントの役割を果たした。逆突きが、スーパーセーフの胴にきれいに決まった。空手の試合なら、技ありで「止《や》め」が入るところだ。

その感覚があったので、真田に油断ができた。雷光教団の『立ち合い』は、もっと実戦的だった。ボクシングのスパーリングに近い。

相手を無力化するところまでいかないと、「止め」は入らないのだ。

安藤は、真田の一瞬の油断をついて『居当て』を放った。

安藤の掌底《しょうてい》が、真田の胴に当たる。真田はその瞬間にステップバックして衝撃をやわらげた。

しかし、安藤の『居当て』の威力はなかなかなもので、真田はバランスを崩して、後方へ倒れてしまった。

そこで一級師範が「止《や》め」と言った。

両者を中央へもどして、『立ち合い』を再開させる。

真田は安藤の『居当て』の威力を充分に知った。おそろしい破壊力だった。当たる瞬間にバックステップして直撃を避けたにもかかわらず、倒されてしまったのだ。

もし、防具をつけていなかったら、と想像して、背筋が寒くなった。

真田は、もう少しだけ、二代目夢妙斎に実力をアピールする必要を感じた。

真田は待ちの姿勢に入った。

安藤は、再びじりじりと間を詰めてくる。真田は思いきってバックステップした。

安藤は『疾風《はやて》』のタイミングで飛びこんできた。真田の読みどおりだった。真田のバックステップは誘いだった。

真田は気圧《けお》されて退がったわけではないので体勢は充分だった。彼は、飛び込んでくる安藤の顔面に、体重の乗った逆突きを思いきり叩き込んだ。

カウンターで決まった空手の逆突きの破壊力もあなどれない。

安藤は大きくのけぞった。二歩三歩と後退する。

すかさず真田は、歩を進めて、上段回し蹴りを見舞った。見事に決まり、安藤の体はぐらりと揺れた。スーパーセーフをつけていなかったら完全に脳震盪を起こしていたはずだ。

真田はさらに安藤の手に注意しながら近づき、腰に相手を乗せて大きく投げた。柔道の『大腰』だった。

投げたとき、受け身が取れないように、自分の体重を浴びせて床に叩きつけた。

一瞬、やり過ぎかなと思ったが遅かった。体が自然に動いていたのだ。これがレンジャーの格闘技だった。スポーツ格闘技ではない。生きるか死ぬかの格闘技なのだ。

「大丈夫ですか……」

真田は安藤が起き上がるのに手を貸した。

「ああ……。何とかね……」

二代目夢妙斎が言った。

「真田さんといいましたね。稽古のあと、しばらく残っていただきたい」

真田は安藤を見た。安藤はうなずいて笑いかけてきた。

稽古のあと、真田は夢妙斎から直接言われた。

「雷光新武術には、師範を養成する研修生制度があり、そのための合宿所がありま す。あなたが希望なさるなら、あなたは師範候補生としてその合宿所に入り研修を受けることができます」

真田は、自分の実力が夢妙斎に認められたのだと思った。

「私は、自衛隊を退役してから仕事に就いていません。その研修制度は経済的な保証もあるのですか?」

「教団の職員として給料をお支払いいたします」

真田は、考え込むふりをした。実のところ、こたえはひとつだった。

しばらくして彼はこたえた。

「光栄です。研修を受けさせていただきます」

二代目夢妙斎は、「頑張ってください」と言い置き、去って行った。

「歓迎しますよ」

安藤は言った。彼はさきほどの戦いで、すっかり真田を認めてしまっていた。

真田はさっそく、翌日から合宿所に入った。

合宿所は浦安の一画にあった。

マンモス団地が建ち並び、新しいホテルが軒を並べるウォーターフロント最前線の町、千葉県浦安。

合宿所は、各部屋はワンルームだが、やはり、金のかかった造りだった。

「さあ、ついに、ここまできたか……」

真田はつぶやいていた。

前夜、合宿所入りすることを早乙女に告げると、彼は言った。

「せっかく私が自衛隊から救い出してやったのに、また集団生活に戻ろうというのか」

13

ハンス・エルハルトは、週が明けると、さっそく、会社の金が日本のどこへ流れているのかを調べることにした。

ロッテ・ヴァン・ベルクは、その日の夜にはドイツに帰ってしまう予定だった。何とか、夕方までに彼女に結果を知らせたいと思った。

すでに、ハンス・エルハルトは損得など考えてはいなかった。

純粋にロッテに会いたかったのだ。自分が、ロッテの銀行にとっても損のない人間だということを知らしめておけば、また会う口実ができるのだ。

彼は、自分のデスクでコンピューターの端末を叩いた。

主計課長である彼の立場をもってすれば、どれくらいの金がどこへ送られているか、知ることはたやすいはずだった。

確かに、ロッテが言うとおり、多額の金が日本へ流れていた。その総額はおよそ、数千万ドルにも及んでいた。

フェニクサンダー・コーポレーションほどの会社にとっても決して安くはない金額

だった。

ハンス・エルハルトは、通常の手続きで、その金の受け取り人を調べた。

コンピューターのディスプレイがいったん消え、「一般社員にはお知らせできません。イエローコードを打ち込んでください」というメッセージが出た。

イエローコードは、課長クラスの人間だけに知らされているアクセスコードだ。

もちろんハンス・エルハルトも知っていた。彼は即座に打ち込んだ。

再び画面が消え、今度は次のようなメッセージが現われた。

「イエローコードではお知らせできません。レッドコードを打ち込んでください」

レッドコードは部長《マネジャー》クラスのアクセスコードだった。ハンス・エルハルトは、まだ課長ではあったが、特別にこのコードを知らされていた。

レッドコードを打ち込む。

ハンス・エルハルトは、コンピューターにからかわれているような気分になった。

今度は、レッドコードでも不充分で、パープルコードを打ち込めというメッセージが出た。

パープルコードは重役専用のコードで、さすがのエルハルトも知らされていなかった。

ロッテに、「結局わからなかったよ」などと報告するのは耐えられなかった。

それと同時に、なぜこれほどに秘匿されているのか気になり始めた。金の項目は何になっているのかを調べてみた。

こちらは、コード無しの一般情報として、すぐにこたえが出た。項目は「事業投資」だった。

契約書か領収書といったような書類がないかどうか検索した。該当する書類は見つからなかった。

彼は、これほどの金が、自分を含めて多くの計理・会計関係の社員の眼のまえを素通りしていったことがまったく信じられなかった。

一種のコンピューター操作によるものだろうと彼は考えた。

エルハルトはデスクを離れ、同じ棟の十階にあるプログラムエンジニア室を訪れた。

そこではプログラマーたちが、ついたてで支切られたデスクの上のモニターを睨んで、コンピューターのキーを一心不乱に叩き続けていた。

それは、ある種の宗教を思わせるような、背筋の寒くなるような光景に思えた。エルハルトは、そのプログラマーのなかから、仲のいい男を見つけ出して近づいた。

「やあ、カール。調子はどうだい？」

カールと呼ばれたプログラマーは、ディスプレイから眼を離さず、指も止めずにこたえた。

「発狂しそうだ」

「なんだ。おまえさんたちはコンピューターを愛していると思っていたがな……」

「ああ……。愛情が深すぎて殺してやりたい気分だ」

「ところで、ちょっと聞きたいことがあるんだが」

「何だ？」

「ここではちょっと……。内密にしてもらいたい話なんだ」

カールはようやく顔を上げた。

「ああ……。エルハルトか……」

彼は、今まで、相手が誰か知らずに話をしていたようだった。「あんたは、この部屋から一時的にせよ、俺を救い出してくれようというのか、ハンス」

「そういう言いかたもできるな」

「ホザンナ……」

彼は救世主をたたえる言葉をつぶやいて立ち上がった。ふたりは、二階のカフェテリアに向かった。

エルハルトは、カールにコーヒーをおごった。

「何が知りたい？」

カールはエルハルトに言った。エルハルトはいくぶんカールに近づいて、低い声で言った。

「パープルコードだ」

カールはかぶりを振った。

「知らんよ」

「だが、コンピューターのプログラムは、君たちが組むんだろう？」

「そう。しかし、アクセスコードを決めるのはお偉がただ。アクセスコードは、われわれプログラマーにも知らされていない。そうでなければ、アクセスコードの意味がない」

「そうだな」

エルハルトは苦い顔になった。あきらめるしかないのかと思った。「プログラマーに訊けば何とかなると思ったんだが……。何とか知る方法はないのか？」

「どうしても知りたきゃ、重役たちに訊けよ」

「教えてくれると思うか？」

「その重役が、この会社の利益や秩序などくそくらえと思っており、なおかつあんたを愛しているか、あんたに弱味を握られているかしたら、あるいは教えてくれるかもしれない。確率はゼロコンマのあとにまたゼロが百個くらい並んだあとに一がくる程度のものだが……」

「どうしようもないな……」

カールは、ふといたずら好きの子供のような表情になった。

「そんなに知りたいのか？」

「何か方法があるというのか？」

「何にでも抜け道はある。だが、あんたの腕次第だ。あんたは、あの白い牢獄から抜け出す口実を与えてくれて、なおかつ、コーヒーをごちそうしてくれた。これに報《むく》いなければ、スイス人は人間じゃない、などと言われかねない」

「もったいぶらんでくれ」

「たいていの社員は、重役以外はパープルコードを知らないと思い込んでいる。だが例外の部署がひとつだけある」

「どこだ」

「秘書室だ」

カールは、にっと笑った。

エルハルトは、ぱっと立ち上がって秘書室に電話をかけた。そこにいる何人かのガールフレンドのうち、特に親しい女性を選んで呼び出した。

小さな会議室で会うことにした。

最初、彼女は渋ったが、「会社のためだ」というエルハルトの熱心な説得と、何度目かの口づけで、ついに折れた。

エルハルトは、パープルコードを手に入れた。

さっそく席にもどり、最初からの手順を繰り返して、パープルコードを打ち込んだ。

しばらく反応がなかった。エルハルトは小さな声でののしった。

そのとき、画面にこたえが現われた。

東京にあるドイツ系銀行の個人口座だった。番号と名義を素早くメモして、エルハルトは画面を消し去った。

エルハルトは、もう一度そのメモを見て思った。

「ムミョウサイ・ヒガシダ……。いったい、何者なのだろう？」


夕方、いつものホテルのバーで、エルハルトはロッテと会った。

「君に言われたこと、調べておいたよ」

エルハルトはさりげなく言った。

「本当？　すばらしいわ」

「食事する時間、あるかい？」

「残念だわ。一時間後に空港へ向かわなくちゃいけないの」

エルハルトはうなずいて、例のメモを取り出した。

「金は、その男の個人名義の口座に入っている」

ロッテはうなずき、エルハルトの頰にやさしくキスをした。

「いい知らせを待っていてね」

「また会えるんだな」

「当然よ。すぐに連絡するわ」

エルハルトは、過ぎてゆく時間を惜しんだ。

そして、彼女は去って行った。

彼のもとを去った瞬間に、ロッテ・ヴァン・ベルクは、名前のない女に戻っていた。彼女は、永遠にエルハルトのまえから姿を消したのだ。

彼女がエルハルトに教えた銀行には、確かにロッテ・ヴァン・ベルクという女性がいた。後日、エルハルトは彼女と電話で話した。

しかし、そのロッテ・ヴァン・ベルクは、エルハルトが出会い、愛した女性とはまったくの別人だった。


女性工作員から報告を受けたモサドのダールは、すぐに日本のヨセレ・ザミルに電話をした。

「金の行き先がわかった」

「金？　何の話だ？」

「フェニクサンダー・コーポレーションから日本へ流れている金だ」

「ああ……。その件だったな……」

ザミルの声は疲れ切っているようだった。

「情けないな、ザミル。もうじきギブアップといった感じだな」

「泣きごとは言いたくないが、とっくにお手上げだよ。何のために働いているのか、わからなくなってきた」

「目的は明らかだ。戦争回避だよ。それが不可能だと判断したら、わが国はためらわずミサイルで先制攻撃をしかけねばならない」

「少しは神経がしゃんとした気がする。それで？　フェニクサンダーの金というのは、どこに流れているというんだ？」

「東京にあるドイツ系銀行の個人名義の口座に振り込まれているということだ」

「個人名義？　何者だ？」

「名前は、ムミョウサイ・ヒガシダ。こちらでは正体をつかんでいない」

「東田夢妙斎だって……」

ザミルは眉をひそめた。その気配が電話の向こうに伝わったようだった。

「知っている男か？」

「知っている」

「やはり、『新人類委員会』がからんでいるのか？」

「ほぼ間違いない」

「『新人類委員会』は、日本で何をしようとしているんだ？」

「想像はつく。新たなテロリストを送り込み、日本国内に、『新人類委員会』の強大な組織を築こうとしているに違いない。ある宗教団体を、その隠れ蓑《みの》に使っているんだ」

「その計画は、ある程度まで進んでいると見なければならないな……」

「私が得ている情報から判断すれば、すでに土台はでき上がっている」

「だが、それは、純粋に、日本の国内問題と見ることができるのではないか？」

「私はそうは思わない。モサドが『新人類委員会』と戦い続けている以上……」

「君の言いたいことはわかる、ザミル。今すぐ自由の身にしてくれというのだろう。だが、それはできない相談だ。現在の緊急事態に、君の力はぜひとも必要なのだ」

「代わりを探すんだ、ダール。たのむ」

「議論の余地はないな」

「誰かをよこさなかったら、私はすべてを放り出してこの部屋を飛び出して行くぞ」

「ばかなことを言うな、ザミル。そんなことをしたら、本国へ強制送還だ。へたをすると、国家反逆罪でくらい込むことになるぞ」

「私を見つけ出せるかどうかやってみることだな」

「おい。本気でモサドを敵に回そうというのか？」

「そうじゃない。これも立派なモサドの仕事だと考えているのだ。『新人類委員会』

が、私のなわばりに城を築こうとしているのを見過ごすわけにはいかない」

「優先順位を考えるんだ、ザミル」

「時間の無駄だぞ、ダール。誰か、私の代わりを探すんだ」

しばらく間があった。

「約束はできない」

電話が切れた。

ザミルは小さな声でののしり、受話器を戻した。

彼は頭のなかを整理した。

真田は、二代目夢妙斎が山の民の拳法を使うと言っていた。

二代目夢妙斎は山の民で、芳賀一族を守るために、舎念ゆかりの雷光教団の拡大に乗り出した可能性もある、と真田は言っていた。

しかし、今やその考えかたは捨て去るべきだった。

二代目夢妙斎はフェニクサンダー・コーポレーションから多額の金を受け取っているのだった。

おそらく、そのうしろにはルドルフ・ヘス率いる『新人類委員会』がひかえているのだろう。

ザミルは、受話器を取り、真田の部屋へ電話をした。

真田は留守だった。彼は、すでに、浦安にある雷光新武術の合宿所に入っているのだ。

ザミルは、二十回呼び出し音を聞いて電話を切った。

いやな予感がした。

彼は、何とか早乙女と連絡を取る方法はないかと考えた。イスラエルの大使館員が、陸上自衛隊幕僚に直接電話をするとなると、ちょっと面倒なことになりかねない。

身分を隠して電話をしたら、絶対に早乙女までつながらないだろう。

正式にはモサドは、日本の特殊防諜班や緊急措置令については知らないことになっている。

外務省ルートもあまり使いたくない。外務省は特に、イスラエル大使館が陸幕にどんな用があるのか関心を抱くに違いない。

どこかで早乙女を待ち伏せして直接会う方法もあるが、それは特に避けたかった。

両国の諜報機関のためにならないことだ。他国の諜報員がどこで眼を光らせているかわからないのだ。東京はスパイ銀座と、その世界では呼ばれているのだ。

そして、その方法には、さらに最大の問題点があった。ザミルは動けないのだ。

彼は、ふと時計を見た。午後の八時になろうとしていた。

ザミルは、再び受話器を取り、恵理が住む神社に電話をした。

神主が出たので、名乗り、恵理を呼んでもらった。

「サナダの居場所を知っているか？」

ザミルは性急に尋ねた。

「いいえ……。聞いていないわ。でも、このところ、雷光教団に通いつめているようだったわ」

「君は、雷光教団について気にしていたということだが、サナダから何か聞いているか？」

「まだたいしたことは……」

「二代目夢妙斎がどこから金をもらっているかがわかった」

恵理は何も言わない。

「フェニクサンダー・コーポレーションだ」

「じゃあ……」

恵理は意外に落ち着いた声で言った。「二代目夢妙斎は『新人類委員会』からきた人間なのね」

「おそらくは……」

「真田さんがあぶないわ……」

「そう決まったわけじゃないが、とにかく、彼の居どころが知りたい。しかし、残念ながら、私は今、身動きが取れないんだ」

「わかったわ。私が明日にでも雷光教団へ行って尋ねてみるわ」

「すまんな。くれぐれも気をつけて。何かあったら、すぐに電話をくれ」

「まかせてよ、戦友！」

恵理は電話を切った。

14

真田は規則正しい生活が苦手ではなかった。毎日、体を動かすことにも慣れていた。

陸上自衛隊――特に、最強と言われる習志野第一空挺団にいたころのことを思えば、雷光新武術の合宿所の生活も楽なものだった。

毎朝五キロのランニングも、腕立て伏せ、腹筋運動、スクワットそれぞれ五十回ずつのメニューも、楽々とこなした。以上が、朝食前のトレーニングだ。

午前中の二時間は、柔軟体操と、器具を使った補強運動をたっぷりとやる。

特に柔軟体操は念入りにやらされた。

午後三時間は、雷光教団ビルの道場へ出かけて本格的な新武術の技を練ることになる。多忙な夢妙斎は、週に二、三度しか道場に現われないが、そういう折には、師範候補生が優先的に直接指導を受けることになっていた。

二代目夢妙斎は、雷光新武術を広く普及させようと努力していた。日本国内はおろか、世界各国に出かけて行き、必要とあらば演武のデモンストレーションをしているのだった。

合宿所には、師範候補生だけではなく、独身の師範も住んでいた。

安藤二級師範も合宿所住まいのひとりだった。彼は三十五歳でまだ独身だった。

安藤は、何かと真田の面倒を見てくれた。おかげで、合宿所で不自由することはいっさいなかった。

真田は、合宿所に入ってから、安藤といっしょにいることが多かった。安藤は決して親切を押し売りするタイプではなく、その点が楽だった。

真田は、徐々にではあるが、安藤に気を許し始めていた。

過去の身の上について、あれこれ尋ねようとしないのもありがたかった。

真田は、初日から特にランニングやマシーンを使った筋力トレーニングなど、基礎運動に打ち込んだ。

自衛隊をやめてから、体力の衰えを感じていたのだ。いわゆる「体がなまる」という感覚だった。

この機会に、一気に錆《さび》を落として、もとの体力を取り戻すつもりだった。

運動の経験のない人間が、いきなり連日の激しい運動に精を出すのは、大変危険なことだった。

人間は、ジョギング程度の運動でも度を超せば簡単に死んでしまうことがあるのだ。

しかし、一度鍛え抜いた体を持つ人間は別だった。おそらく、三日も続ければ、かなり体が締まってくるだろうと真田は思った。

合宿所の食事は栄養のバランスが取れており、そのことがまたありがたかった。ひとり暮らしの真田は、知らずしらずのうちに偏《かたよ》った栄養を摂《と》るようになっていたからだった。

単純に体を動かし続ける生活を続けていると、二代目夢妙斎を疑い続けることが難しいような気分になってきた。

若者たちに、物事を深く考えさせるのがいやだったら、とにかく運動をさせることだ——そういう理屈を説く人間がいるほどだ。

真田は、彼の職業にとって危険な状態にあるといえた。

とにかく、今のところ、二代目夢妙斎は、真田に何ひとつ怪しい素振りを見せていないのだった。

彼は、二代目夢妙斎が海外からよく電話を受けるという話も、安藤が言っていたとおり、海外支部作りの打ち合わせなのではないかと考え始める始末だった。

昼食のあと、一時間ほど昼寝をした。運動選手の生活パターンだった。

そのあと、マイクロバス二台で本郷の雷光本部道場に向かうのだ。

真田たちは二時半に道場に着いた。


芳賀恵理は、学校からいったん下宿先の神社に戻り、すぐに出かけた。

本郷の雷光教団本部を訪ねるのだが、制服姿のまま町のなかを歩くのがいやだったのだ。

赤いリボンに白線が二本というセーラー服から、ジーンズのジャンパーと、そろいのジーパンに着替えていた。

ジャンパーの下は、飾り気のない白のTシャツで、スニーカーも白だった。

長い髪はたばねずに、そのまま背に垂らしている。

彼女は受付で尋ねた。

「真田武男さんというかたを探しているのですが……。こちらの信者なんです。ここにいらっしゃらないでしょうか？」

受付嬢は顔を上げて恵理を見た。

そのとき、恵理は、奇妙な感覚に襲われた。

テレビドラマを見ているような感じだった。自分がやっていることも、そのドラマの一部のような気がした。

その気持ちは一瞬で去った。

しかし、恵理の心のなかにわだかまりとして残った。

「真田さんですか？」

受付嬢はにこやかに応対した。だが、恵理にはその笑顔が仮面に見えた。

建物中に悪魔が満ちているように思えた。思わず彼女はその場から逃げ出したくなったが、真田のことを思うと、逃げるわけにはいかなかった。

受付嬢は名簿のようなものを調べていた。

「お客さまのお名前は？」

彼女は恵理に尋ねた。恵理は名乗った。

受付嬢は名簿のような書類を閉じ、館内電話をかけた。

「真田武男さんを訪ねて、芳賀恵理さんというかたがおいでですが……」

彼女は電話の相手の言うことに耳を傾けていた。電話を切ると彼女は言った。

「そちらのソファーでお待ちください。ただいま、案内の者が参りますので……」

「真田さんはこちらにおいでなのですか？　私は、それが知りたいのです」

「さあ、私どもにはわかりかねます。これから参る者がおこたえすると思います」

「わからないって……。信者のかたがいるかいないかもわからないのですか？」

「なにぶん、多くのかたが出入りなさいますので……」

「いいわ。出直してきます」

「あ、お待ちください」

受付嬢は、エレベーターのほうを見て言った。「案内の者が降りて参りました」

恵理はそちらを見た。

紺色の背広をすっきりと着こなした若者が近づいてきた。逆三角形の体格をしており、背広がよく似合った。髪はスポーツ刈りにしている。ネクタイは、背広と同系の色だったので全体にたいへん質素な感じがした。

「芳賀恵理さんですね？」

若者は言った。「ご案内いたします。どうぞ、こちらへ……」

「私は、真田武男という人を探しにきただけなのです」

「存じております。真田さんも呼んでくることにいたします。とりあえずはごいっしょにどうぞ」

「呼ぶんなら、今、ここへ呼んでいただきたいわ」

若者は小さく溜め息をついた。

「困りましたね……。私は、教団幹部にきつく言われて参ったのです。あなたを、ちゃんとおもてなしできるところへご案内するように、と……。それに、真田さんは、今、ある修行中で、ちょっと抜けられないはずなのです」

「私をもてなす？」

「そうです。あなたは、芳賀舎念さまのお身内のかたでいらっしゃる。雷光教団の初代宗祖が、芳賀舎念さまのもとで修行したことは、幹部なら誰でも知っていることです」

「今日、ここへ私がきたことと、舎念とは、何の関係もありません」

「そうはいきません。いわば芳賀舎念さまは教団にとっては、大恩ある偉大な師なのです。そのお身内のかたをおろそかにしたとあっては教団の立場がございません」

恵理はエレベーターのほうから、さらに三人の男が駆けるようにしてやってくるのに気づいた。

白装束に茶色の袴をはいていた。年齢は皆五十歳前後だった。

彼らが教団幹部であることは一目でわかった。

迎えを出したものの、いつまでも恵理がやって来ないので、あわてて飛んできたのだろう。

幹部のひとりが頭を下げて言った。

「最初から、われわれがお迎えに参るべきでした。たいへん失礼をいたしました」

「そんなことはどうでもいいのです。私は、人を探しにきたのです。その人の居どころを知りたいだけです」

「はい。承知しております。……が、とりあえずはこちらへ」

恵理は、うかつだったと思った。

宗教界での芳賀舎念の影響力をうっかり忘れて名乗ってしまったのだ。

今さら引っ込みはつかないと思った。彼女は覚悟を決めた。

「わかったわ。参りましょう」

四人の男たちは、恵理を取り囲むようにしてエレベーターへ向かった。

まるで、お姫様のような扱いだと恵理は思った。悪い気分ではなかった。しかし、彼女は、彼らがすぐに真田に会わせてくれないことにいら立っていた。

エレベーターは二階で止まった。

恵理が案内されたのは、いくつかある応接室のひとつだった。

たいへん高価そうなソファーが置いてあった。男たちは恵理を長いソファーにすわらせた。もてなしの方法を心得ている証拠だった。

ソファーのすわり心地は驚くほどよかった。

「こちらでしばらくお待ちください」

幹部が言った。

「早く真田さんを呼んでください」

「はい、承知しました」

彼らは応接室を出て行った。

ひとり残され、恵理は腹立たしげに溜め息をついた。

彼女は所在なげに部屋のなかを見回した。小さな絵が白い壁にかかっている。

二号ほどの絵だが、きっと高価なものなのだろうと彼女は思った。

出入口とちょうど反対のところに、もうひとつドアがあった。彼女は立ち上がり、そのドアに近づいた。

好奇心のままに、彼女はそのドアを開けてみた。

ドアのむこうには、清潔な洗面台と、洋式の水洗トイレがあった。

どうしてこんなところに、洗面台やトイレがあるのだろうと、彼女は考えた。

そのとき、出入口のドアをノックする音が聞こえた。恵理はあわてて洗面所のドアを閉め、ソファーに戻った。

ドアが開いて、紅茶が運ばれてきた。運んできたのは、女性の信者で、教団の職員らしかった。

「どうぞ……」

女性の教団職員はすぐに退出し、恵理はまたひとりになった。

ティーテーブルに紅茶を置かれて、恵理は反射的に小さく頭を下げていた。

「いったい、何だっていうのかしら」

彼女はふくれっ面で、つぶやいた。

手もちぶさたなので、砂糖を入れぬままの紅茶をあっという間に飲み干してしまった。ちょうど、カップを皿に戻したとき、再びノックの音が聞こえた。

ドアが開いて、二代目夢妙斎が現われた。

彼は、三人の幹部を従えてゆっくりと応接室に入ってきた。

二代目夢妙斎は、恵理の向かい側に腰を下ろした。三人の教団幹部はドアのそばに立ったままだった。

「初めてお目にかかります。東田夢妙斎と申します」

二代目夢妙斎は丁寧に頭を下げた。

「よく存じております」

恵理は言った。「後楽園ホールでの試合も拝見しました」

「恐縮です」

「あの武術を見せ物にすることを私たちは喜んではおりません」

「それではあなたも、あの武術の正体をご存じなのですね」

「当然です。あれは芳賀家ともゆかりの深い武術です」

「なるほど……」

二代目夢妙斎の眼が怪しい光を帯び始めた。恵理はひしひしと危険を感じた。

「真田さんに会わせてください。でなければ、私は、今すぐ帰ります」

「そうはいかないのです。芳賀のお嬢様……」

二代目夢妙斎が言った。「あなたにはしばらくここにとどまっていただかねばなりません。同じ理由で真田という男にも……」

「冗談じゃないわ」

恵理は立ち上がろうとして、めまいを感じた。

異常な睡魔が襲ってきて、体が急にだるくなった。

恵理は気づいた。紅茶に何か薬を入れられたのだ。二代目夢妙斎の鋭い眼が、かすんでゆく視界のなかで光っていた。

もっと慎重に行動すべきだった——彼女は思った。そこで意識を失った。

道場で稽古をしていた真田は、突然、恵理をすぐそばに感じた。

ほんの一瞬のことだった。

真田は手を止めた。彼は、稽古に打ち込んでいた。ほかのことは何も考えていなかったのだ。

なぜ急に恵理のことが頭に浮かんだのか不思議だった。

真田がこだわったのは、ふと頭に浮かぶという程度のことではなく、ほとんど実在として彼女を感じたからだった。

彼は思わず振り返ったほどだったのだ。

胸さわぎがしてきた。同時に、忘れかけていた危機意識が戻ってきた。

真田は、かつて恵理が言っていたことを思い出していた。

親しい人とは心と心のコミュニケーションの回路ができやすい。そして、一度その回路が通じたら、遠くはなれていてもコミュニケートすることも可能になってくる——彼女はそう言ったのだ。

恵理がその回路を使って、何かを訴えかけてきたのではないか——真田はそう考えた。

彼は道場を出て、恵理の下宿先の神社に電話をかけた。

恵理の遠い親戚に当たる神主が出た。

「芳賀恵理さんはおいでですか？」

「出かけております。どちらさまですか」

「真田です」

「ああ……。いつも恵理や舎念がお世話になっております……。しかし、おかしいな……。恵理は、真田さんに会いに雷光教団本部へ行くと言って出かけたのです。お会いになってませんか？」

「確かにそうおっしゃったのですね……」

「ええ……」

「それなら、こちらにいらっしゃるはずだ。恵理さんの言うとおり、私は今雷光教団ビルにおります。ご心配には及びません。これから探してみることにします」

「お手数かけます」

「とんでもない……。ところで、私に会いにくる理由について、何か言われていましたか？」

「いいえ……。何も……。私も尋ねませんでしたし……」

真田は神主の言葉の意味がよくわかった。彼らは、親戚ではあるが、芳賀家のことについては口出しできる立場にないのだろうと思った。おそらく、神主が自ら戒《いまし》めているのしきたりというほどおおげさなものではない。

だろうと真田は思った。

「わかりました。どうも……」

真田は電話を切った。

そのまま、受付へ向かう。

「真田ですが、芳賀恵理という女の子が、私を訪ねて来なかったでしょうか？」

「いいえ」

受付の女性は、はっきりと否定した。

「確かですか？　ちょっと、事務所のほかの人にも訊いてもらえませんか？」

「その必要はありません。来客の記録はすべて残りますし、私はほとんどこの席をはなれておりません」

「その記録というのを見せてもらえますか？」

受付嬢はノートを差し出した。

確かに、真田が初めてこのビルを訪れたときにも名前を書かされた覚えがあった。

真田はその日の来客の名簿をつぶさに調べた。芳賀恵理の名はなかった。

真田は受付を離れると、館内を探し回った。

二階の事務所で、念のため受付に言ったのと同じことを尋ねてみた。恵理が訪ねてきたとこたえた者はひとりもいなかった。

応接室が並んでいたが、そこのドアを開けてみるわけにはいかなかった。また、真田は、恵理が自分に会いにきて応接室にいるはずはないと考えていた。彼もまた、宗教界における芳賀舎念の名の偉大さを忘れていたのだ。

一階から三階までの廊下をくまなく探し歩いたあと、四階の祭壇の間まで行ってみた。

恵理を見つけることはできなかった。

真田は一階に戻り、再び電話のところへ行った。

特別の番号で連絡官を呼び出し、早乙女につないでもらった。

「芳賀恵理の身の上に何かあったかもしれません」

真田は、急に恵理の存在をすくそばに感じたことを除いて、事情を説明した。

「話はわかった。だが、それは君の仕事の範疇《はんちゅう》だ」

「そんなことは言われなくてもわかっています。ただ、彼女が何のためにわざわざ俺に会いに来なければならなかったか——その理由に心当たりはないかと思って電話したのです」

「ない」

「そうですか……。わかりました」

「今さら言うまでもないと思うが、警察だけはわれわれの指揮権の外にいる。警察の手を借りようと思えば、正式に失踪人届けを出さなければならないが、そうした場合、警察が動き出すのは届けを出した三日後ということになる」

「その三日間でドラマの幕が下りちまうかもしれないんです。警察は必要ありませんよ」

「私もそう思う。念のために言ってみたまでだ」

「これから探し続けてみます」

「わかった」

電話が切れた。

真田は考えたすえ、ザミルに電話しようかと考えた。

そのとき、うしろから肩を叩かれた。真田は、はっと振り返った。

安藤二級師範が立っていた。

「ああ……。勝手に稽古を抜け出して申し訳ありません。ちょっと急用を思い出しまして……」

「わかっています」

安藤は言った。「芳賀家のお嬢さんのことでしょう？」

「え……？」

「今、知らせがありました。教団幹部があわててあなたは合宿所にいるものだと思い込んで、お嬢さんを浦安のほうにお連れしたというんです」

「合宿所に……？　しかし、受付では彼女の姿を見ていないというし、事務所でも誰も知らなかったのですよ」

「たまたまロビーに居合わせた教団幹部が直接応対したのだそうです。なにせ、芳賀家のかたですからね……。しかし、あなたが芳賀家のお嬢さんとお知り合いとは驚いた」

「まあ……。いろいろありましてね」

真田は安藤の話を真に受けるわけにはいかなかったが、少なくとも、彼女を探す手がかりには違いないと思った。

恵理が雷光教団ビルへきたことだけは確かなのだ。

安藤が言った。

「さ、すぐに着替えてください。合宿所へ行きましょう。私がごいっしょします」

「あなたが……」

「そうです。教団の車を出させます。さ、急いで」

とりあえず、ここは彼の言うことに従おう――真田はそう思った。

15

ザミルは、手にしていた書類を放り出した。恵理や真田のことが気になって、紙に書かれている単語や数字が頭に入らなくなってきたのだった。

彼は、恵理に電話したあとも気になって、昨夜から今日までに何度も真田の部屋に電話していた。そのたびにいら立ちが増した。

ザミルは、また受話器に手を伸ばしかけてやめた。一度放り出した書類を手に取り、睨むようにしてその内容に集中しようとした。

三行ほど読み進んだとき、電話が鳴った。

受話器を取ったザミルは、相手の名を聞いて珍しいことに、心底驚いていた。

相手は名乗った。

「早乙女だ」

「これは驚いた。あなたのような立場の人間が私に電話をかけてくるとは……」

「それだけ私も度を失っているということかもしれん。察していただきたい」

「度を失う？　あなたが？　冗談でしょう」

「まだお会いしたことはなかったと思うが？」

「会わなくたってあなたがどういう人間かぐらいはよく承知しているつもりだ。それで？　あなたが私に電話をくれるということはサナダに関することなのだろうと思うが……？」

「真田が雷光教団ビルから電話をしてきた。芳賀恵理が彼に会いに教団を訪ねたらしい」

ザミルは眉をひそめた。

「だが、ふたりは会っていない……？」

「そう。真田はなぜ芳賀恵理が自分に会いにわざわざ雷光教団ビルまでやってきたのか、その理由を知りたがっていた」

「私が恵理に電話したのだ。二代目夢妙斎のスポンサーはフェニクサンダー・コーポレーションだ、と」

わずかな沈黙。

「ふたりがいまだに会えずにいる理由が、それでわかったような気がする」

「私がもっと慎重に事を運ぶべきだった」

「あなたはもっと重大なことに神経を集中しなければならないのだと私は想像してい

るのだが……」

ザミルは、机の上の資料の山を見て、小さく溜め息をついた。

「ふたりに何があったのか、調べる用意はあるのだろうか？」

「いや。こちらにはない。なにせ、私はしがない役人にすぎないのでね」

「人を動かすこともできないというのかね？」

「私は、あくまで合法的な傍受・分析専門機関の責任者でしかない」

「サナダはそうではないはずだ」

「特別なセクションであることは認める。だが、そのセクションのメンバーは、私と真田だけだ。私としては、すべてを真田に任せるしかない」

「サナダはいい上司を持って幸せだ」

「そう。私は彼を信頼している」

「それならなぜ、私のところに電話をかけてきたのだ？」

「何が起こっているのかを知りたかった。訳のわからない連絡が入ったりすると、私はしばしば度を失うのだ」

「それで、何が起こっているかを知って、あなたは何もしないというわけか」

「できることはする。真田からの連絡を待ち、可能な限り彼をバックアップする。それ以上のことは私にはできない」

「なるほど……」

「情報の提供を感謝する」

電話が切れた。

ザミルは受話器を戻し考え込んだ。机上の仕事に戻ることは、たいへん難しかった。

しかし、軽率にその場を離れるわけにはいかなかった。

彼は、机の上の資料の山を睨み続けていた。今やるべきことは何なのか、それを自分に言い聞かせようとした。

自分を説得するのに時間がかかったが、辛うじて彼は、その場に踏みとどまることができた。

何度か恵理や真田の顔が頭のなかを横切ったが、ザミルは冷静さを保っていた。

感情を抑えるための訓練が役に立った。彼は、怒り、悲しみ、恐怖、不安などを心のなかから締め出す術《すべ》を身につけるため、想像を絶する訓練に耐え抜いたのだ。

ザミルは再び報告書を読み始めた。

黒塗りのセドリックの助手席にすわっている真田は、ハンドルを握っている安藤良造二級師範の横顔をそっとうかがった。

安藤は精悍な顔におだやかな表情を浮かべていた。いつもと変わらない。

真田は三つの可能性について考えていた。

ひとつは、きわめて楽観的な考えだった。つまり、すべては安藤の言ったとおりで、恵理が合宿所で自分を待っているという可能性だ。

ふたつめは、恵理は合宿所にはおらず、おそらく雷光教団ビルに監禁されているのだが、安藤はいっさいそういった事情は知らず、誰かに命じられたままに動いているという可能性だった。

そして、最後は最も悲観的な考えかたで、安藤もすべてを心得て演技をしているという可能性だった。

どの可能性がいちばん強いかはわからなかった。判断材料が少なすぎるのだ。

雷光教団が、恵理を自分に会わせまいとする理由——それは思いつく限りではただひとつだった。

そのひとつが最悪のものだった。

真田は、安藤も敵であるという可能性にそなえることにした。

黒のセドリックは、合宿所の車寄せに滑り込んだ。

安藤はエンジンのスイッチを切ったが、キーは抜かなかった。真田はそれを見ていた。

安藤が先に車を降り、玄関に向かった。真田は、一歩遅れて彼に従った。

ふたりは、居住室のドアが並ぶ廊下を奥へ奥へと進んだ。

真田がまだ足を踏み入れていない場所だった。

「この先に何があるのですか」

真田が安藤に尋ねた。

安藤は真田に背を向けたまま言った。

「特別の応接室があります。芳賀家のお嬢さまは、そこにおられるとのことです」

安藤は廊下のいちばん端のドアのまえで立ち止まった。

「ここです」

彼はおだやかな笑いを浮かべて真田を見ると、ドアをノックした。「さあ、私はここで失礼します。どうぞなかへ——」

真田はノブに手をかけた。

安藤がドアをノックしたとき、部屋のなかから何の返事もないのを不審に思っていた。

さらに、ノックの音が気になった。真田が寝泊まりしている部屋のドアは合板の比較的もろいものだが、そのドアは明らかに頑丈な金属性だった。表面に木質の化粧材を貼ってあるのだ。

真田は用心しながらノブを回した。ドアは部屋のなかに向かって開く。

真田は、十センチばかり開いたところで、安藤を振り返った。

「どうしました。さあ、どうぞ」

真田は、ドアのほうに向き直り、一気にドアを開け放った。

部屋のなかは無人だった。そこは安藤が言ったような応接室とは、およそかけはなれた部屋だった。

ひえびえとしたコンクリートの打ちっぱなしの部屋で、窓がひとつもない。部屋のすみに洋式のトイレが見えた。

明らかに監禁用の部屋だった。

真田はドアを開け放ったとたん、真横に身を投げ出していた。廊下を転がり、さっと起き上がる。

もしそうしていなかったら、後ろから安藤に『打ち』を見舞われ、独房のなかに放り込まれていただろう。

安藤の表情が一変していた。

彼は、立ち上がった真田に向かって、ローキックを放った。

中段から下に向かって蹴り下ろす威力のある下段回し蹴りだ。

真田は、咄嗟《とっさ》に膝を上げた。強力なローキックを一発でもくらったら、戦力は確実に半減してしまう。

真田は蹴りを膝でブロックしたのだ。これは、防御であると同時に攻撃でもある。相手の足はかなりのダメージを与えられるのだ。

さすがに安藤は鍛えていた。足の痛みをこらえ、すかさず、逆の足で同様のローキックを打ち込もうとした。

真田はその機先を制した。蹴りを出そうとする瞬間に、その腿のあたりを足の裏全体でおさえるように逆に蹴ってやったのだ。

ストッピングという空手の高等技術だった。

安藤は大きくバランスを崩した。

真田はチャンスと見て、飛び込んだ。とたんに、安藤の姿を見失い、膝上約十センチの腿の外側にある急所に激しい衝撃を感じた。

安藤の『草這い』――山の民の『転び蹴り』だった。

真田は思わず壁に手をついて体を支えた。

安藤は、伏せた状態から足を鋭く振り、踵《かかと》を叩き込んできたのだった。これで、フットワークが失われた。

安藤は起き上がった。

「近代空手は軽快な足さばきが命だ。これであなたの勝ち目はなくなった」

彼は、間合いを詰めてきた。

真田は壁際から離れて深く構えた。安藤の攻撃を待ち、カウンターを狙うしかなかった。

真田は後退しなかった。

雷光新武術の間合いは、空手の間合いより近い。

近づけば自分が有利と安藤は油断するだろう。真田はその隙をつくしかなかった。

安藤は、右の拳を真田の顔面に向け、さらにじりじりと近づいてきた。

実は、間合いが遠いというのは、競技空手の世界のことであり、空手の世界でも熟練者は接近戦を得意とするようになる。

敵の技を見切る自信がついてくるからだ。

真田は自分の実力を信じることにした。彼が学んだのは競技空手ではない。白兵戦やゲリラ戦を想定しての実戦的な空手だった。

安藤の足が止まった。

来る、と真田は思った。

安藤は右の『居当て』を見舞ってくる、と真田は読んでいた。安藤は、真田が山の民の『打ち』に熟達していることを知らないのだ。

安藤の右の肩がぴくりと動いた。

真田はその瞬間に、体を入れ替えて右構えとなり、同時に右の『打ち』を発した。

安藤の『居当て』が、真田の頬をかすめる。そのとき、真田は右の拳にしたたかな手ごたえを感じた。

真田の『打ち』は安藤の『居当て』のコースをそらしながら入っていったのだった。ボクシングのクロスカウンターの要領だった。

安藤は大きくのけぞり、床に投げ出された。唇が切れ、さらに鼻血が出て、彼の顔の下半分は赤く染まっていた。

安藤は弱々しくうめき、頭を振って、倒れたまま不思議そうに真田を見上げた。

「なぜだ……」

彼はつぶやくように言った。「いつの間にこれほど見事な『居当て』を……」

「精進のたまものだ」

真田はこたえた。「……と言いたいが、俺はこの技をずいぶんまえからたっぷりと練習してきたんだ。二代目夢妙斎が神から与えられたという新武術は、実は、ある人々の間に伝承されている日本古来の伝統的な拳法なんだよ」

安藤はまだ不思議そうな表情で真田を見つめている。

真田は言った。

「あんたとはこういう出会いかたはしたくなかったな」

安藤の表情が険しくなった。彼は、頭を振って立ち上がった。

真田の足のダメージは、すでに癒《い》え始めていた。

安藤は当惑を隠しきれなかった。

彼はやや遠い間合いから、『居当て』を放ってきた。

真田はさっと床に伏せ『転び蹴り』を披露した。まっすぐに、踵で膝を蹴ってやった。

安藤はもんどり打って廊下に転がった。彼はますます当惑していた。真田が『転び蹴り』――彼らの呼びかたでいう『草這い』までマスターしていたからだ。

安藤は立ち上がったが、片足を引きずっていた。膝へのダメージはなかなか回復しない。

真田は、膝を痛めたら『打ち』の威力が大きく失われることを知っていた。

『打ち』は、足首、膝、腰、肘、肩、背骨などすべての関節のうねりを利用した打撃法だからだ。

今度は真田のほうから間合いを詰めていった。

安藤はうっかり後退しようと、体重を後ろにかけた。

その瞬間に、真田は飛び込んでいた。

安藤の失策を悔いる表情が一瞬見えた。真田は反撃を許さぬスピードで、安藤の胸骨めがけて、掌底を使った『打ち』を見舞った。胸骨は膻中《だんちゅう》と呼ばれる急所だ。

真田は、二代目夢妙斎が『疾風《はやて》』と呼んだ技を使ったのだった。この技の威力を、あらためて痛感した。

安藤は二メートルも後方へ吹っ飛び、そのまま床に投げ出されて動かなくなった。

完全に昏倒してしまったのだった。

真田は安藤の意識がないのを確かめ、彼を独房へ放り込んだ。

そのとたん、ピッという電子音がして、ドアが自動的に閉じた。

真田は玄関に向かった。

ほとんどの道場生は、教団の道場へ出かけていて、合宿所に人気《ひとけ》はなかった。

突然、左側のドアが開き、真田は立ち止まり、身構えた。

稽古を休んでいた道場生が真田を見て尋ねた。

「どうしたんだ？　妙に騒がしかったが……」

その師範候補生に、まったく敵意はなかった。真田は、彼は何も知らないものと判断した。

「でかいゴキブリでも出たんじゃないですか？」

「ゴキブリ……」

「急ぎますので、失礼します」

真田はそのまま玄関を出て、黒いセドリックに乗り込んだ。

キーをひねると、セルモーターが回り、一発でエンジンが回り出した。

合宿所は静まりかえっていた。

これでいろいろなことがわかった。雷光教団は、二代目夢妙斎の何らかの陰謀のために利用されているが、すべてが夢妙斎の目的を知っているわけではない。

雷光教団の信者のほとんどや、雷光新武術の稽古生などは、二代目夢妙斎を本当に尊敬しているだけなのだろう。

新興宗教団体としての運営は偽りなく行なわれているのだ。

しかし、教団幹部や新武術の師範は、すでに真田の敵と考えてよかった。

真田は、セドリックを駆って、本郷の雷光教団本部へ急いだ。

運転をしながら、彼は考えを巡らせていた。

このまままともに教団ビルへ戻っても、恵理を救出できるとは思えなかった。

真田はたったひとりだった。

雷光新武術の師範を何人もひとりで相手する自信はなかった。

さらに、二代目夢妙斎は正真正銘の武術の天才だ。

恵理がどこにいるかさえわかったら……。真田は思った。

何があろうと恵理を救わねばならない。

真田は切実にそう考えている自分に気づいた。そう考えるのは当然だが、真田はわずかに戸惑いを感じていた。

義務とか責任ではなく、恵理が大切だから自分の手で助けたい――彼は、いつの間にか、そう考え始めていたのだ。

真田は心のなかで繰り返し恵理を呼び始めた。もしかしたら、リモート・コミュニケーションの回路がつながるかもしれない——彼はそう考えたのだ。

いつしか彼は口に出してつぶやいていた。

「恵理。どこにいるんだ？　教えてくれ……」

16

ザミルは、電話のベルに敏感になっていた。

鳴ったとたんに受話器を取っていた。

「はい。ヨセレ・ザミル」

彼は日本語でこたえたが、聞こえてきたのはヘブライ語だった。

「どうした、ザミル。妙に入れ込んでいるじゃないか」

「ダールか……。駐在のエージェントには、本国の人間が想像もつかない面倒事が付きまとうのさ」

「例えば義理と人情か？」

「そうだ。日本人は何も特別な民族じゃない。われわれユダヤ人にしてみればむしろ理解しやすい民族だ。……で？　何の用だ？」

「おとなしくそこにいて仕事をしていたことをほめてやろうと思ったんだ」

「光栄だな。涙が出そうだぞ、ダール」

「君らしくもない。何をそういら立っているんだ？」

「たぶん、仕事が気に入らないんだろう。代わりを見つけてくれるという話じゃなかったかな」

「代わりは見つけられない」

「そんなことだと思ったよ」

「だが、君は解放だ、ヨセレ・ザミル」

「モサドは優秀な人材を手放したということなのか？」

「君をくびになどするもんか。今後は、通常の勤務に戻っても支障なし、という結論が下された」

「ほう……」

「イラン・イラクの戦後の処理がうまく進んでいないのはよく知っているな。いまだに、イラクは対イラン大規模動員態勢を維持しなければならないのだ」

「たいした問題とは思えないが……」

「さらに、だ。停戦後、イランと同盟関係にあったシリアが、アラブ世界への影響力を低下させつつある。イラクはイランとの戦争を通じてたいへんな軍事大国と化した。これは、わがイスラエルにとって最大の脅威だったのだが、停戦後、新枢軸関係を作ろうと動き始めた」

「いったい誰に電話していると思ってるんだ。つまり、イラクはシリア、リビア、アルジェリアといった急進派ではなく、ヨルダン、エジプトといった穏健派と結んで、アラブ世界の主流になろうとしているわけだ」

「そう。さらに、パレスチナ問題で言えば、イラクはシリアに代わってPLOの最大のスポンサーになりつつある。だがイラクにはイスラエルと対決して不安定な潜在的戦争状態に首を突っ込む気などない。また、現段階ではわがイスラエルと事を構える国力もない。イラクは、アラブ穏健派の代弁者として、パレスチナ問題の政治解決路線の強化を図るだろうという判断をわれわれは下した」

「パレスチナ問題の政治解決路線などわが首相は望んでいないはずだ」

「だが外相は別だ。外相を中心とした国内の穏健派はPLO容認をとなえ始めている」

「わかった。今からは通常任務に戻っていいということだけ聞ければいいんだ」

「ああ。せいぜい義理と人情のために駆け回るがいい」

「そうさせてもらう」

ザミルは電話を切った。

彼は机の引き出しのなかからコルトの三五七口径リボルバーを取り出した。銃身が二インチのいわゆるスナッブノーズという拳銃だ。

彼は、この銃にマグナム弾を詰めている。

銃身が二インチというのは、おそろしく弾道が不正確なことを意味している。ザミルは、正確さより、携帯性、隠匿性を選んだのだ。

そして、破壊力を得るためにマグナム弾を使用するのだ。

マグナムという言葉に明確な定義はない。同一口径のカートリッジのなかで、とりわけ強力なものをそう呼んでいるにすぎないのだ。カートリッジのメーカーが商品名として勝手に用いている用語なのだ。

彼はシリンダーを開いて六発のカートリッジが入っているのを確認した。

そして、ヒップホルスターを腰に下げ、リボルバーを収めた。

予備の弾薬が詰まったスピードローダーをズボンのポケットに入れ立ち上がった。

茶色の背広を着ると部屋を出た。

緊急事態解除の知らせは、大使館中に行きわたっているようだった。

外出しようとするザミルに、同僚が椅子にもたれたまま手を振ってよこした。

彼は言った。

「俺たちは全員地獄行きだな、ザミル。安息日の戒律を犯して働き続けたんだ」

「今さら何を言う。犯している戒律はそれだけじゃないだろう」

「さあ。思いつかんな」

ザミルは大使館を出た。

行く先は決まっていた。本郷の雷光教団本部だ。


恵理はソファーで眼を覚ました。

そこがどこなのかわからなかった。見覚えのない部屋のたたずまい――。どうして自分がそんなところで眠っていたのかもわからない。

頭がひどく重い。

そして、すぐに、すべてを思い出した。彼女は、勢いよく起き上がろうとして、めまいを起こした。

気分が落ち着くまでしばらく眼を閉じてじっとしていなければならなかった。

時計を見ると、五時半になろうとしていた。雷光教団本部に着いたのが四時ごろだったから、約一時間、眠っていたことになる。

ようやく気分がよくなり、彼女は立ち上がった。

廊下へ出るドアのノブを回してみる。当然だが、しっかりと外側から鍵がかかっている。

彼女はもうひとつのドアを見た。

どうして応接室に洗面所やトイレがついているのか——その理由が、今わかった。この部屋は、人を軟禁するときのことを考えて作られているのだ。

部屋の外から鍵がかかるようになっていることも、それを物語っている。

恵理は、肌寒さを覚えて、思わず自分の両肩を抱いた。気温のせいではなく、心理的なものだった。

彼女は、ソファーにもどり腰を下ろした。気を落ち着けることにした。

恐れていてもいなくても、起こるべきことは起こるのだと自分に言い聞かせた。

心理的な乱れがあると、彼女は能力をうまく発揮できないこともよく心得ていた。

彼女はゆっくり深呼吸を繰り返した。

彼女は何とか心の安定を取り戻すことができた。

そして、考えた。真田はどうしただろうか、と。

その瞬間に、まるでラジオのスイッチを入れるように、真田の意識が流れ込んでくるのを感じた。

恵理は精神によるリモートコミュニケーションの回路が開かれたことを知った。彼女は、その回路を使ってこたえることにした。

　じっと眼を閉じ、自分がいる部屋や、連れて来られるまでの廊下やエレベーターの情景などをできるだけ細かく思い浮かべた。

　彼女は、その風景が真田の心にとどくように強く念じた。


　真田は、思わず急ブレーキを踏みそうになった。

　彼は、ウインカーを出し、車を道の端に寄せた。路上駐車している車と車の間にどうにか割り込む。

　彼は、頭のなかに急に恵理の意識を感じて驚いたのだった。眼を閉じると、見たことのある風景が浮かんできた。真田は、それが恵理の見た光景であることをすぐに理解した。

　リモートビューイングと呼ばれる現象だった。

　それは、雷光教団本部のなかだった。

　エレベーターが浮かび、二階のボタンにランプがついているのが見える。

　やがて、一番奥の応接室のドアが見えてきた。そのあとは豪華な部屋の内装となった。

真田は、恵理がどこにいるかを完全に知った。

眼を開け、右へウインカーを出し、再び車の流れへ乗ろうと、ハンドルを切った。

恵理は真田が自分の想念を受け取ったことを感じた。

そして彼女は、もうひとつのよく知っている意識パターンが近づきつつあるのを察知した。

ヨセレ・ザミルの意識だった。

今や彼女は何も恐れてはいなかった。

真田とザミルはこれまで、まったく勝ち目のない戦いに常に勝ち続けてきたのだ。

恵理は、どうやったら真田とザミルに手を貸すことができるかを真剣に考え始めた。

助け出されるのを、悲しみと恐怖に耐えながらじっと待ち続けるお姫さま役は彼女の性に合わなかった。

もう一度、夢妙斎と話をするべきかもしれないと思った。

彼女は考えごとをしながらも、霊能力の通信回路を開いておいた。

突然、その通信回路がまばゆく光った。紫色を帯びた白色の光だった。

恵理は、はっと顔を上げた。

巨大な意識の光が、はるか遠くから近づきつつあるのだった。

彼女は立ち上がり、廊下へ出るドアを激しく叩いた。

ドアが開いた。

雷光新武術の師範が不安げな表情で立っていた。彼はおずおずと言った。

「何かご用でしょうか……?」

彼の口調はあくまで丁寧だった。

「私をここへ閉じ込めておく理由が知りたいわ」

「その……。私どもは宗祖さまに命じられるままに動いているだけでして……。芳賀のお嬢さまにこのような仕打ちは、たいへん畏《おそ》れ多いことだとは思うのですが……」

恵理は気づいた。

雷光教団の幹部たちは『新人類委員会』とは無縁なのだ。夢妙斎の本当の目的も知らないのだろう。

ただ盲目的にカリスマ夢妙斎に付き従っているだけなのだ。

彼らは、芳賀家を畏れ、敬《うやま》っていることには変わりはないのだ。

その芳賀家の名を利用してみることにした。恵理は演技を始めた。ことさらに高飛車に振る舞い始めたのだ。

「それならば、二代目夢妙斎に話を聞きます。夢妙斎を呼びなさい」

恵理は、わざと夢妙斎を呼び捨てにした。この演技は効果があった。

「お待ちください」

ドアが閉まり、いったん鍵がかけられた。

ほどなく、また鍵をあける音がした。ドアが開き、黒の背広姿の二代目夢妙斎が現われた。

夢妙斎は見張りの師範に廊下にいるように言って、部屋に入ってきた。

ドアが閉まり、鍵をかける音がした。万が一の用心のためだろうと恵理は思った。

「私に用だそうですが……？」

夢妙斎は慇懃《いんぎん》に尋ねた。

「あなたはいったい何者なのです。何の目的で私をここに閉じ込めておくのです？」

「ここへは、あなたのほうからおいでになったのですよ」

夢妙斎はほほえんで言った。

「うかつでした。敵の陣中にのこのこと出かけてきたのですからね……」

「敵？　何のことでしょう。私はご存じのとおり、雷光教団の二代目宗祖であり、雷光新武術の宗師範であるにすぎません」

「言いたくないのなら、私が言いましょう。あなたは『新人類委員会』からやってきたのです」

「ほう……」

「私はそのことを真田さんに知らせるためにここにやってきたのです」

「真田……。あの男は、あなたが思っているほど頼りになる男ではないようですな。今ごろは、あなたと同様にとらわれの身となっているはずです」

それはどうかしら――恵理は心のなかでつぶやいた。

真田がすぐ近くまできていることはわかっていたが、真田のためにも自分のためにも、そのことは黙っていることにした。

「私をとらえておいて、祖父を呼び出すつもりですね」

「そう……。そこまでお考えなのでしたら、お話ししましょう。私は、はっきり言ってこんなに早くチャンスがくるとは思ってみませんでしたよ。あなたを利用させていただくことにしたのですよ。おじいさん、それに、おとうさん、おかあさんを呼び寄せるためにね」

「そして、全員を殺す……」

夢妙斎は残忍な笑いを浮かべた。

真田は、本郷通りで一度車を停め、公衆電話のボックスに入った。特別の電話番号で専任連絡官を呼び出し、早乙女につないでもらう。

早乙女はきわめて無感動な声で言った。

「生きていたか」

「何もかも知っているような口振りですね」

「ヨセレ・ザミルに電話をした。だいたいの事情は呑み込めた」

「俺には今ひとつはっきりしないのですが……」

「二代目夢妙斎のスポンサーはフェニクサンダー・コーポレーションだ。ヨセレ・ザミルはそのことを知り、芳賀恵理に電話をした。芳賀恵理はそれを知らせるために君に会いに行ったというわけだ」

「そんなことだろうと予想はしていました。それですべてはっきりしましたよ」

「予想していた？　二代目夢妙斎が味方かもしれないと言っていたのは君だったような気がするのだが……」

「人の過去を責めるのはよくないですよ」

「今どこにいるんだ？」

「本郷三丁目。本郷通りの公衆電話からかけています。雷光教団ビルまで車で約五分です」

「ひとりで殴り込むのかね？」

「いろいろ考えましたがね……。一般の信者や雷光新武術の稽古生は『新人類委員会』とは無関係なのです。ということは、二代目夢妙斎としては、一般信者のまえで騒ぎは起こしたくないはずです。乗り込むなら、一般信者や稽古生がごちゃごちゃいる間がいい……」

「二代目夢妙斎は、何も知らない信者や道場生を隠れ蓑に使い、『新人類委員会』の日本での前線基地を作ろうとしている。その隠れ蓑を君が利用するというわけかね」

「そういうことです。もうじき七時。会社を終えた宗徒が集まり、雷光教団ビル内の信者数は、一日の最後のピークとなります」

「しかし、ひとりで乗り込むのはあまりに無謀な気がするのだが……」

「驚いたな……。俺の身を案じてくれるのですか？」

「いや、私が心配しているのは芳賀恵理の身の安全だ」

「ついさっきまで俺も単独で乗り込む気などありませんでした。しかし、事情が変わりました。芳賀恵理がどこに監禁されているかわかったのです。そして、おそらく夢妙斎たちは、俺が自由に動き回っているとは思っていないはずです。今なら先手を打てるはずです」

「……芳賀恵理がいる場所をどうやって知ったのだね」

「話したいのですが、うまく説明できそうにありません」

「どうやら聞かないほうがよさそうだ。何か必要なものはあるかね」

「そうですね。命のスペアを少々。それにとりあえず武装した陸上自衛隊員を一個小隊都合してもらえますか？」

早乙女はあっさりと無視した。電話が切れた。

真田は黒のセドリックを出して、雷光教団ビルへ向かった。

ビルの前の車寄せには、真田が乗っているのとまったく同じ車が二台駐車していた。

真田は、その二台のとなりに静かに駐車した。真田が乗っている車に注目する者は皆無だった。

宗徒の出入りが多くなっていた。

真田は何くわぬ顔でビルの裏手に回った。裏手に非常口があり、そこの鍵はビルが閉まる九時半まで開いていることを彼は知っていた。

非常口の脇に非常階段がある。二階以上の非常口は、その階段の踊り場にあった。

真田は静かに階段を登った。鉄板の階段は用心しないと大きな足音が響く。

二階の踊り場にたどりつき、そっと非常口の鉄製のドアを開ける。

恵理が軟禁されている応接室のまえに、雷光新武術の師範のひとりが立っているのが見えた。

見張りなのだろうと思った。

真田は静かにドアの隙間から滑り込んで、一気にダッシュした。

後ろで、非常口のドアが閉まる重たい音が聞こえた。

見張りの師範が、その音に振り向いた。

その顔面に、走る勢いを利用したフックを思いきり叩き込む。

フックは首が大きく揺れるため、ストレートより脳震盪を起こさせるのに有効なパンチだ。そして、パンチが視界の外側から入ってくるため、奇襲に適している。

師範は斜め後ろに大きくのけぞり、壁に頭を打ちつけた。たちまち昏倒した。

おそらくは武術の使い手で、雷光新武術もかなりな段階まで自分のものにしているのだろうが、教団ビル内でいきなり殴りかかられるとは想像もしていなかったに違いない。

真田は空いていた隣りの部屋に師範を引きずり込み、体をさぐって応接室の鍵を見つけた。その部屋を出てそっとドアを閉める。

恵理のいる部屋のドアに鍵を差し込み、解錠する。

真田の眼に、夢妙斎の後ろ姿と、恵理の顔が飛び込んできた。

夢妙斎はゆっくりと振り返った。

「何ごとだ……」

言いかけて、夢妙斎は真田を見つめた。

真田は夢妙斎のほうを見ながら、ゆっくりとドアを閉めた。

17

「真田さんは、あなたが思っていたほど頼りない人じゃなかったようですね」

恵理が言った。

夢妙斎は表情を変えなかった。

「そうかもしれない」

彼は、真田を見つめたまま、恵理の言葉にこたえた。「だが、状況がそれほど変わったわけではない。ここにいる限り、ふたりともとらわれの身とまったく変わらない」

「もちろん、何としても俺たちはここから逃げ出す。あんたは一般信者のまえで騒ぎを起こされるのがたいへん迷惑なはずだ」

「それで私の弱味を握っているつもりかね？」

夢妙斎は笑い飛ばそうとしたが、真田が図星をついたのは明らかだった。彼は眼に困惑の色を浮かべたのだ。

「ここを去るまえに訊いておきたいことがある」

「何かな……」

「雷光新武術だ。あれは明らかに山の民の拳法だ。いったいどこで身につけたのか知りたいと思ってね」

「もっともな疑問だ。私は十三歳のときに正式に『身知《みし》り』を受けている。それ以来、この拳法の修行を続けているのだ」

恵理にとっても真田にとっても衝撃的な一言だった。

『身知り』というのは、山の民の武術訓練を言う。

山の民は、十三歳になると必ず『身知り』を受ける習わしになっている。つまり、二代目夢妙斎は、本物の山の民であることを物語っているのだ。

「山の民なら、芳賀家に対する役割を知っているはずだ。なのにあんたは、芳賀家の敵に回った。『新人類委員会』の手先となったんだ。なぜだ？」

「芳賀家も山の民も私にとっては何の意味もない」

「山の民の誇りを無視するというのか」

「山の民の誇り？　そんなものに私はまったく興味がない。いいかね。山の民は、天《あま》照大神《てらすおおみかみ》を祭る天《あま》つ神《かみ》系天孫《てんそん》族が大陸からやってくる前に、この日本に栄えていた民族だ」

「そんなことは知っている」

「追われた先住民の運命は世界のどこでも同じだ。つまり、少数民族として、ある時は迫害を受けながら、細々と生き続けるのだ。誇りなど何になる。私は、山の民も日本という国も捨てた男だ」

「それがまた日本に舞い戻ってきた……」

「役割を与えられたからだ」

「『新人類委員会』に命じられたわけだな？」

「正確に言うと、ルドルフ・ヘス総帥《そうすい》から直接命じられたのだ」

「ルドルフ・ヘス……」

「そう。私は、黄色人種で唯一ヘス総帥に認められた人間だ。山の民の誇りなどよりも、その誇りのほうがよっぽど大切だ。ヘス総帥は、将来、地球上で生き残るべき人間のなかに、私の子孫を加えてくれたのだ」

「ばかな……」

「何とでも言うがいい。日本などつまらぬ国だ。自分たちが築いてきた歴史や文化を簡単に捨て去り、アジアの隣人たちを蔑視《べっし》し、売春婦を買いあさる。目前の利益ばかりを追いかけ、自分の国を守ろうともしない。私は学生のときにこの国を出て、日本を捨てたのだ。自分が日本人であることを恥じてさえいた」

「あんたは、日本に戸籍を持っていない。国籍もないはずだ」

「そう……。山の民だからな。だが日本で生まれたという事実は消せない。私は、今回の任務に成功したら、正式にドイツ国籍をもらえることになっている」

真田は、理由もなく腹を立てていた。

「あんたが何をどう言おうと、俺はあんたが裏切り者のような気がしてしかたがない」

「好きに考えるがいい。じきに、君たちは全員死に、私は『新人類委員会』の正式委員という栄光を得られるのだ」

真田は、二代目夢妙斎の足がわずかに恵理のほうへ寄ったのを見逃さなかった。

真田は恵理のほうを見た。

恵理は眼でうなずいて見せた。彼女も夢妙斎の動きに気づいているのだ。

唐突に夢妙斎の体が恵理の方向に動いた。流れるような足さばきで、驚くほどの素早さだった。

夢妙斎は真田と恵理の虚をついたつもりだった。

しかし、次に起こったことは夢妙斎を愕然とさせた。

恵理はさっと身を沈め、床に両手をつくと、夢妙斎の右膝めがけて『転び蹴り』を放った。

夢妙斎は、かわすことができなかった。思わずたたらを踏んで、壁で体を支えた。

同時に、真田が夢妙斎の動きを封じようと飛び出していた。

彼は後ろから、夢妙斎を壁に強く押しつけた。

夢妙斎は反射的に壁に両手をつき、自分の体を壁から押し離そうとする。真田はそれを読んでいた。

夢妙斎の背を押す力をゆるめると、両手を脇に差し込み、羽交い締めにした。膝を背骨に押し当てる陸軍式の本格的な羽交い締めだ。夢妙斎は、一時的に身動きがとれなくなった。

真田は恵理に言った。

「逃げろ。とにかくこのビルから逃げ出すんだ」

恵理は、ソファーの反対側を回ってドアのところにやってきた。

「いいコンビネーションだったわよね」

彼女は、ドアを開けた。

無事に逃げられそうだった。恵理は一度真田にうなずきかけると走り去った。

「このまま逃げられると思うな……」

怒りを含んだ夢妙斎の声がした。

真田は締めをきつくし、膝を背骨に押しつけた。なおかつ、夢妙斎の横面を壁に押しつけるようにしていた。

「私を押さえつけたままでは、おまえも逃げられないのだ」

あえぐような声で夢妙斎は言った。

そんなことは百も承知だった。そのために真田は、羽交い締めにしたまま夢妙斎を無力化する方法を考えていた。

腕を決めたまま、反《そ》り投げを打つ方法もあった。いわゆるドラゴンスープレックスだ。効果は大きいが危険も大きかった。

一番簡単で効果的なのは、そのままの体勢で夢妙斎の頭を壁に叩きつけてやることだ。

真田はその方法を選ぶことにした。

勢いをつけるために、少し夢妙斎の体を後方に引いた。

壁と夢妙斎の体との間に、隙間ができる。

夢妙斎はそのチャンスを逃がさなかった。

隙間に自分の膝をこじ入れ、間を広げ、さらには、両足を壁についた。

そして、力の限り、両足で壁を押しやった。

真田は後方に倒れ、応接セットのテーブルに背を強く打ちつけてしまった。

夢妙斎の捨て身の攻撃は成功した。

真田は背の痛みのため手をゆるめてしまった。夢妙斎は、するりと抜け出し、立ち上がった。

真田も背の痛みをおして立ち上がる。

夢妙斎とまともに戦って勝つ自信はなかった。

しかし、やらなければならなかった。

夢妙斎のほうがドアに近かった。彼は、ほんの一瞬、ドアのほうを見た。

真田は夢妙斎が何を考えているか悟った。とにかく彼は恵理を逃したくないのだ。

夢妙斎は部屋の外へ出ようとしている。

真田はそれを許すわけにはいかなかった。

彼は、とにかく夢妙斎をつかまえようと、なりふりかまわずつかみかかった。

夢妙斎はそれを簡単に払いのける力量を持っていた。

夢妙斎の両手が、彼の肩口をつかまえにいった真田の手首のあたりを弾《はじ》く。次の瞬間、夢妙斎の右手が、真田の胸の中央に触れた。

しまった、と真田は思った。

夢妙斎はそのまま『居当て』——山の民の『打ち』を放った。

真田は、胸のところ——ちょうど膻中《だんちゅう》の急所で小さな爆発が起こったような気がした。

体が大きく後方へ跳ね飛ばされる。彼は一度ソファーに投げ出され、ソファーごとひっくり返った。

完全にやられたと思った。

意識があるのが不思議だった。そのうち、ダメージはあまり大きくないのに気づいた。

夢妙斎の『打ち』は完全ではなかったのだ。

真田は、恵理の『転び蹴り』を思い出した。恵理は夢妙斎の右膝に蹴りを決めた。そのせいで『打ち』の威力は半減していたのだ。

真田は身を起こした。

夢妙斎はドアから外へ出ていた。真田は、立ち上がって夢妙斎のあとを追った。

真田はエレベーターではなく階段で一階へ降りた。

恵理の姿はすでになかった。利口な娘だから、うまく逃げおおせたに違いないと真田は思った。

雷光新武術の道場から、夢妙斎が現われた。後ろに三人の師範を従えている。

「何のつもりだ、夢妙斎。ここで騒ぎを起こすつもりか?」

真田は言った。

何ごとかと集まってきた一般の信者や武術の稽古生は、真田が夢妙斎を呼び捨てにしたことに仰天した。

夢妙斎は三人の師範に言った。

「この男には強い悪霊が憑依《ひょうい》しています。力ずくで捕《とら》えなさい」

師範たちは、夢妙斎の言いなりだった。

一階のロビーで、真田は三人に囲まれてしまった。

一般信者や稽古生たちは、じっと身動きもせずに戦いを見つめている。

真田は、カウンターの一撃必殺を狙った。

複数を相手にする場合でも、全部が同時にかかってくることはまずないことを真田は知っていた。

自分からかかって行って、ひとりにつかまってしまうのが一番おそろしいのだ。そうなると、いわゆる袋叩きにあうことになる。

ひとりひとりを、確実に、しかもたった一発で倒していけば、この場を切り抜けることも可能だった。

しかし、相手も師範の資格を持つ連中だ。真田の思いどおりにいくとは限らない。ひとりが、ローキックから入ってきた。

ローキックで足を狙ってくるのは、雷光新武術の戦法の定石なのかもしれないと真田は思った。

安藤二級師範も同様のパターンで攻めてきたからだ。

定石には定石と、真田は、ローキックに膝を合わせた。

蹴りの威力が最も発揮されるインパクトのポイントより、いくぶん早く、膝で蹴り込む感じでやるのが、こちらの膝を痛めず、相手のすねを痛めるこつだ。

真田は、うまくローキックを封じた。そのブロックに使った足を降ろさぬまま、相手の金的を蹴り上げた。相手は、くぐもった悲鳴を上げて崩れ落ちた。

格闘技の腕は確かだが、実戦経験が不足している、と真田は判断した。

さらに前かがみに体を折る相手の顔面を両手で支え、膝蹴りを叩き込んだ。

相手のローキックをブロックしてから、顔面に膝蹴りを見舞うまで一秒かからなかった。

相手の師範は、その場で崩れ落ちようとしたので、真田は、その体をささえた。

次に突進しようとしている師範のまえにその体を投げ出す。昏倒した師範の体を障害物として使い、第二の攻撃を遅らせるのだ。

相手の攻撃が遅くなれば、真田の体勢もととのう。

カウンターで勝負を決めようというときは、むしろ、自分から攻めて行くときより、気を引き締めていなければならない。

出鼻をくじかれた師範は一度、攻撃をあきらめ、倒れている仲間を脇へよけた。

もうひとりの師範が、間を詰めてきた。『居当て』——山の民の『打ち』をジャブのように叩き込もうとしている——真田はそう読んだ。

それは長年訓練してきた空手にとらわれた読みだった。

相手は、至近距離から、前蹴りを打ち込んできた。

山の民の蹴りは、どんなに近くからでも威力を発揮できる。真田はその注意を怠《おこた》っていた。

見事に水月《すいげつ》に蹴りが決まった。衝撃が背中まで突き抜けた。

呼吸ができなくなり、真田はあえいだ。

そこに『居当て』が飛んできた。顔面を狙ってきたのはわかっていたが、苦しさのために、防ぐこともかわすこともできなかった。防御する気力が萎《な》えているのだ。

真田の眼のまえがまぶしく光った。鼻の奥できんときな臭いにおいがする。

眼のまえの光は、無数の星になって四方に散っていった。

腰が浮き、床が傾く感じがした。膝から下の力が抜けていく。

真田は辛うじて立っていた。

さらに、真田は、腹にもう一度『居当て』をくらった。

ついに膝をついた。

もうひとりの師範が、さっと近づき、真田の右手を取って肩を決めた。

真田の体は床に押しつけられた。

夢妙斎が近づいてくるのがわかった。

「私の部屋へ連れて行きなさい」

真田は、遠くで夢妙斎の声を聞いた。「私が除霊をいたします」

真田は引き立てられた。

何とか頭をはっきりさせようと頭を振った。首の芯が重く痛んだ。敵の『居当て』は、顔面だけでなく、延髄《えんずい》にもダメージを与えていた。

そのとき、真田は、玄関の入口のほうから野次馬をかきわけて入ってくるひとりの男に気がついた。

その男は、街中を散歩するような調子で現われた。

誰も彼に注目していない。

だが、その男が次にやったことは人々の度肝を抜いた。

彼は、まったくためらいなく腰の後ろから、銃身の短い拳銃を抜いた。そのまま、人々のまえに歩み出ると、天井に向けて、一発撃った。

すさまじい三五七口径マグナムの音が一階ロビーに響き渡った。

すべての人々がその場に凍りついた。

ヨセレ・ザミルは、もう一発同様に撃った。

ある者は物陰にかくれ、ある者はその場で伏せた。潮が退《ひ》くように野次馬は場所をあけた。

ザミルは、銃を、真田を押さえている師範のほうに向けた。

師範たちも恐慌をきたしていた。なす術《すべ》なく立ち尽くしている。

真田は、無力になった師範を払いのけて立ち上がった。

足もとはおぼつかなかったが、何とかザミルの方向へ歩いた。

　ザミルは銃を夢妙斎のほうへ向けた。ようやく我に戻った師範が楯《たて》になるべく夢妙斎のまえに立ちふさがった。

「動くと撃つ」

　ザミルが初めて口をきいた。「楯になっても無駄だ。この銃弾はあんたたちの体をたやすく突き抜けて、宗祖の体に大きな穴をあける」

「ヨセレ・ザミルか……」

　二代目夢妙斎はつぶやいた。

「そう。この真田と私がいる限り、日本でおまえたち『新人類委員会』に勝ち目はない」

　ザミルは、真田に先に行くように手で合図した。真田はそれに従った。

　ザミルは、夢妙斎に銃を向けたまま、ゆっくりあとずさった。

　出入口の自動ドアが開いた。

「行け、サナダ」

　ザミルは囁《ささや》いた。

　真田は、外へ駆け出した。続いてザミルも雷光教団ビルから姿を消した。

本郷通りへ出ると、タクシーの脇に恵理が立っていた。

「こっちよ」

「手回しがいいな」

真田は、傷の痛みに耐えながら言った。

「私が教団ビルの周りをうろついていると、彼女が飛び出してきた。彼女には私がどこにいるかすぐわかったようだった。ふたりは感激の再会をし、私は彼女にタクシーをつかまえておくようにたのんだのだ」

「どこへ行くんだ？」

「傷ついた獣の行くところはひとつだ。自分の巣だよ」

真田はバックシートに乗り込むと、飯田橋のタカダ・ビルの場所を運転手に告げた。

運転手は真田のワイシャツを汚している鼻血を見て露骨に顔をしかめた。

「お客さん。シートを汚さないでくださいよ」

真田はこたえなかった。

運輸省に一言《ひとこと》言って、この運転手の営業許可を取り上げてやろうかと思った。職権濫用《らんよう》だ。虫の居どころの悪いせいだ――真田はすぐに別のことを考えることにした。

「教団ビルを出るまえに、あんたは、一般信者たちのまえで『新人類委員会』がどうのと言ったような気がするんだが……」

「そう」

ザミルはうなずいた。「少しでもエセ教祖の立場を悪くしてやろうと思ってね」

「効果あるだろうか？」

「さあ……。だが、ささやかな疑問が、ああいう組織では大きなしこりに成長することもある」

真田の部屋につくと、恵理が、真田の体に手をかざしていった。

恵理の眼は熱があるようにうるみ、頰が上気している。彼女が特殊な能力を発揮するときの兆候だった。

恵理は、触れもせずに真田の傷の痛みを癒《いや》していった。真田もザミルも、今となってはその能力を疑っていなかった。

「さて、これからどうするかだ」

真田はザミルに言った。

「夢妙斎の動きを見る必要がある。彼は明らかに芳賀一族を狙っている。特に、恵理のおじいさんをな……。場合によっては、出雲の山へ行くことになるかもしれない」

「その必要はないわ」

恵理が言った。

ふたりの男が彼女に注目した。

「おじいさまは、東京へ向かっているわ」

ザミルと真田は無言で顔を見合わせた。

恵理が言った。

「おじいさまは、たぶん、世田谷の真雷光教団のほうに顔を出すつもりだわ」

「何が起こっているのか、もちろん、すべて知っておられるのだろうな……」

真田が尋ねた。

恵理は、自信たっぷりにうなずいた。

真田は、ベッドから立ち上がり、電話のところへ行った。

「とにかく、上司に無事だということを報告するよ」

彼は、ザミルに見えないように、プッシュボタンを押した。

18

「細かな経過は説明しなくていい」

早乙女が電話の向こうで言った。「とにかく全員無事だということがわかればいいんだ」

「二代目夢妙斎も含めて全員無事です。俺たちは、命からがら逃げ出したのです」

「逃げ出すことが目的だったのだ。結果は悪くないと思うが？」

「あなたは部下をあまりほめたことがないでしょう」

「そう。照れ屋なのだ」

「夢妙斎についてはいくつか新しいことがわかりました。本人の口から聞いたのです。彼は学生のときに日本に嫌気がさし、海外に渡ったということです。それからどういう人生を送ったのかは知りませんが、どこかでルドルフ・ヘスと知り合ったことは間違いありません。彼は、黄色人種で初めてヘスに認められた人間だと自分で誇らしげに言っていました。そして、彼は正真正銘の山の民です」

「それについては、こちらでも情報がある。同一人物かどうかの確認は取れていないが、フランスへ留学して一年目に行方をくらました学生がいる。そういう人物には公安はたいへん注意を払うのだ。そのままアラブへ渡ってしまう日本人もいるらしいのでな。その学生の足取りはドイツでとだえた。その後、何年か経って、ドイツの極右組織ネオナチスの日本人活動家が確認されている」

「ネオナチスとルドルフ・ヘスなら見事につながりますね。おそらく同一人物と見て間違いないでしょう。ところで、ひとつ疑問に思うのですが、山の民も大学に入学できるのですね……」

「当然だよ」

「でも戸籍がないのでしょう？」

「里に降りた山の民がそこで役に立つわけだ。山の民は、里に降りた仲間を親戚として利用するのだ。また彼らは講のようなものを活用しており、子供の教育費には出費を惜しまないと言われている。事実、東京大学の成績優秀者の多くは山の民の子どもたちだとさえ言われている」

「それは驚きだな」

「日本という国は、人々が思っているより、ずっと奥行きが深いのだ。ところで、芳賀老人が東京に向かっているというのは確かなのだろうな」

「お孫さんがそう言ってるのだから、確かですよ」

「くれぐれも、老人と一族のかたがたの身に危険のないように——」

「心がけます。それともうひとつ……」

「君がそういう言いかたをするときはろくなことじゃない。何だ？」

「俺を助けるために、ザミルが雷光教団で発砲したのです」

「死傷者は？」

「いえ、威嚇《いかく》射撃です」

「わかった。何とかしよう」

早乙女は苦々しい声で言って電話を切った。

真田はザミルのほうに向き直った。

「まだ礼を言ってなかったな」

「こちらには、君ひとりに今回の一件を押しつけていたという負《お》い目がある」

「それで、晴れて自由の身となったのか？　それとも、俺たちのために祖国に背を向けたのか？」

「われわれイスラエル人は祖国にそむいたりは決してしない。長い歴史を通して祖国と呼べる場を持たなかった民族だからな。通常の勤務態勢に戻ったということだ」

「そいつは世界にとって朗報だ。さて、これからだが……」

「世田谷の真雷光教団で、舎念老人を待って話を聞くべきじゃないか」

「そうだな……」

「私も行くわ」

恵理が言った。

真田はうなずいた。

「自分のおじいさんに会いに行くんだ。いけない理由はないな。ただし、目白の神社にはいちおう連絡しておくんだ。この時間だと、心配しているだろうからな」

「わかったわ」

恵理は、電話をかけた。

「二代目夢妙斎が山の民だというのは本当なのだな」

ザミルが真田に言った。

「間違いないようだ」

「どんな気分だね」

「正直に言って、たいへん面白くない」

「ひかえめな言いかたに聞こえるな」

「そうかな……。敵のアラブ陣営のなかにユダヤ人の顔を見つけたような気分、とでも言えばいいのかな」

「君は、長い間、自分の血の秘密を知らなかった。それを知ったとき、同胞を求め始めた。そして、初めて出会った同じ山の民が、実は『新人類委員会』の手先だったわけだ」

「大切なのは、二代目夢妙斎が『新人類委員会』の人間だということだ。山の民であるということではない。そして、それは俺の敵であることを意味している。素直な気持ちを聞かせてやろう。夢妙斎は山の民にとって裏切り者だ」

ザミルは無言でうなずいた。

電話を切った恵理が言った。

「さ、いいわよ。桜田羅門さんのところへ出かけましょう」

世田谷区瀬田の真雷光教団に着いたのは、夜九時を回ったところで、教会内は、ちょっとした大騒ぎになっていた。

すでに芳賀舎念が到着していたのだ。

家に帰っていた羅門はすぐさま呼び返されていた。

おかげで、羅門に面会をたのんだ真田たちは、ずいぶんと待たされるはめになった。

「時間の無駄だ」

真田が恵理に言った。「俺たちがこんなところで待たされる理由はない。おじいさんがどこにいるかわかるだろう」

恵理はうなずいた。

「応接室よ」

「よし、そこに乗り込もうじゃないか」

三人は、奥へ進んだ。

教団の役員が三人を見て、あわてて駆け寄ってきた。

「この先は、ただいま取り込んでおりまして」

「芳賀舎念翁がおいでなのだろう」

真田が言った。

「はあ……」

「このお嬢さんは、舎念翁のお孫さんの恵理さんだ」

「あ、失礼いたしました」

「案内してもらえるかな」

「どうぞ、こちらです」

教団役員は、恵理に向かって言った。

ザミルと真田は恵理のあとに続いた。

ザミルが真田にそっと言った。

「こういうドラマを知っているぞ」

「何のことだ？」

「スケさん、カクさんだ。君は今、葵《あおい》の印籠《いんろう》を出したのだ」

ドアを開けると、芳賀舎念と桜田羅門が向かい合ってすわっていた。

恵理が入って行くと、羅門は立ち上がった。さらに、真田とザミルの顔を見ると、不思議そうに言った。

「いったい、これはどうなっているんです？」

「詳しい説明が必要でしょう」

真田は言った。

舎念、恵理が並んで長椅子にかけた。

ザミルはドアのそばに立っていた。

真田が残ったひとつのソファーに腰かけて、すべてを説明した。

長い説明のあと、羅門がうなるように言った。

「あの二代目夢妙斎が、『新人類委員会』の……」

「そうです」

真田はうなずいた。

「『新人類委員会』といえば、初代夢妙斎を鬼界に送った張本人。それが二代目夢妙斎を名乗っているというのですか……」

「そういうことです」

「人を憎めば、その憎しみは己《おの》れに返ってくる――そうはわかっていても、憎まずにいられない人間というのはいるものですな……」

「俺とザミルは、二代目夢妙斎と戦わねばならない。それが役目だからです。あなたのような人から見ると血なまぐさいことは許しがたいでしょうが、こればかりはしかたがない」

「案じられるのは、残された宗徒たちです。何も知らずに夢妙斎を信じておられるのでしょうに……」

「私がここに参ったのは」

芳賀舎念が口を開いた。「そのこともあって、なのです」

羅門が尋ねた。

「と、言われますと？」

「聞くところによると、一般信者のみならず、雷光教団の役員も、夢妙斎に盲目的に従っておるだけとのこと。真に夢妙斎に協力しようという人間は、ごくわずかのはず。残された信者や役員の面倒を見るのは、羅門さん、あんたをおいて、ほかにはおらんのです」

羅門は恰幅《かっぷく》のいい体を揺すって溜め息をついた。

「そうはおっしゃられても、この私には荷が重い。せめて、石笛白山《いしぶえはくざん》だけでも生きていてくれたら……」

石笛白山は、羅門とは兄弟弟子に当たる男だった。

白山も『新人類委員会』のテロリストたちによって命を失ったのだった。

「いや……」

舎念は、きっぱりと言った。「あんたにやってもらわねばならんのです。現在、二代目夢妙斎に導かれている人々は、いずれ、道を見失うことになります。それを救ってやらねばなりません」

「救うなど畏れ多い……」

「道を示してやればよいのです。私どもにはそれ以上のことは望んでもできない」

羅門はしばらく考えていたが、やがてうなずいた。

「わかりました。舎念先生が、そうおっしゃるのなら」

「さて、次はわれわれが考える番だ」

真田がザミルに言った。「今、夢妙斎は少なからず冷静さを欠いているはずだ。できれば、今夜のうちに決着をつけてしまいたい」

ザミルはうなずいた。

「戦うに当たっては地の利を生かしたい。おそらく向こうは腕に覚えのある人間を連れてくるだろう。それに、これまでの例から言うと、『新人類委員会』の連中は、必ず火器を持ってやってくる」

「そうだな……。俺は、できればこの教会で戦いたい。ここでは一度襲撃を切り抜けた前例があるからな」

「私が、二代目夢妙斎に直接電話をかけ、ここにいることを知らせましょう」

芳賀舎念が言った。

真田とザミルは顔を見合った。

舎念はさらに言った。

「一度、話をしてみねばならないと思っておったのです」

真田は無言で、舎念にうなずきかけた。

ザミルは羅門に言った。

「さて、そうなると、この教会内に残っている人々を全員避難させておかねばならない」

「芳賀舎念翁を残したまま、役員たちは帰りたがらんでしょうな……」

「命にかかわることだ。やってもらわねばならない」

「わかりました……」

「さ、すぐにかかってください」

ザミルに言われて、羅門は腰を上げた。ドアを出ようとして、彼は振り向き、真田に言った。

「私は残っていてもいいのでしょうな？」

真田はザミルの顔を見た。

「私だって親兄弟同然の初代宗祖と白山を殺された人間です。おとなしく帰っていろと言われても従うわけにはいかない」

ザミルはうなずいた。

「わかった。あなたも仲間に加わってもらう。さあ、最初の役目は、われわれ以外の人間を全員この建物から追い出すことだ」

羅門は納得して出て行った。

ドアが閉まると、ザミルが真田に言った。

「すぐに電話をしよう。時間が経てば、それだけ向こうの態勢が整ってしまう。番号はわかっているのか？」

「当然だ。俺を何だと思ってるんだ。正式な信者なんだ」

真田は立ち上がって、応接室内にある電話のところへ行き、番号ボタンを押した。

相手が出るまでしばらくかかった。

電話がつながり、真田は言った。

「真田という者です。東田夢妙斎先生を……」

その後、二、三のやりとりがあった。宗祖に取り次ぐのを渋っているのだった。

「真田といえば、すぐにわかる」——この一言で押し切り、ようやくつないでもらった。

「夢妙斎か？　真田だ。今、芳賀舎念翁と代わる」

真田は芳賀舎念に受話器を差し出した。

舎念は、ゆっくりと立ち上がり、受話器を受け取った。

「舎念だ」

彼は言った。「話がしたい」


夢妙斎はまだ興奮状態にあった。

そのため、突然の芳賀舎念の出現に、どう対処していいか一瞬当惑していた。

「話……。いったい、何の話をしたいと言うのだ？」

落ち着き払った舎念の声が聞こえてきた。

「できれば無駄な争いはしたくない。話し合いたいのはそこのところだ」

「その点については話し合いの余地はない。これは、ルドルフ・ヘス総帥のご意志なのだ。私は、ヘスさまのお考えに従うだけだ」

「『新人類委員会』がどのような組織なのか知っておるのか……」

「当然知っている。地球の未来を真剣に考えている委員会だ。彼らは、今のままでは、人類は絶滅を待つばかりだということを知っている。『新人類委員会』は、聖書の黙示録に出てくるハル・マジェドンでの最終戦争後に登場する『新たなる者』を自分たちの手で選び出そうとしているのだ」

「その『新たなる者』というのが、どのような人間なのか、本当に知っておるのか？」

「ルドルフ・ヘスは、少なくとも有色人種やユダヤ人であってはならないと考えている」

「ヘスは考え違いをしておる……」

「何を言う。『新たなる者』がどんな人間たちか知っているとでも言いたいのか？」

「知っておる」

夢妙斎は絶句した。

「『新人類委員会』は、それゆえ、この年寄りとその一族をこの世から消し去ろうとしておるのであろうが、ヘスの想像している『新たなる者』は、真の『新たなる者』ではない」

「命乞いにしか聞こえない」

「私は、ヘスにも会わねばならないだろうと思っている」

「何だと……」

「私は、世田谷の真雷光教団の教会におる。いつでも話しにくるがいい」

夢妙斎はしばらく考えてから言った。

「いいだろう。おまえが何をヘス総帥に話そうとしているのか、代わって私が聞いておこう」

二代目夢妙斎は電話を切った。

拳銃の発砲の騒ぎはようやくおさまり、雷光教団ビルのなかには、幹部役員が何人か残っているだけだった。

夢妙斎の部屋には、雷光新武術の師範が四人いた。

そのなかには安藤二級師範の姿もあった。

二代目夢妙斎は、選び抜いたその四人に向かって言った。

「この雷光教団のなかでも、私が『新人類委員会』の人間であることを知っているのは、君たちだけだ。いわば、君たちだけが本当の私の部下なのだ」

「光栄です」

師範のひとりが言った。

「私は、この雷光教団を『新人類委員会』の前線基地とするため、今日まで努力してきた。その努力の結果として、今夜、またとないチャンスがやってきた。芳賀舎念が東京にきておるのだ。やつは私と話し合いをするため世田谷の真雷光教団で私を待っているると言っておる」

「罠《わな》じゃないですか?」

安藤が言った。

「罠?」

夢妙斎は笑った。「けっこうじゃないか。私たちに、やつらの稚拙《ちせつ》な罠が通用するかどうか思い知らせてやればいい」

「わかりました」

夢妙斎は、別の師範にうなずきかけた。

「例のものを……」

命じられた師範は、重厚な戸棚の鍵を開け、観音開きの戸を開いた。なかから、四つのアタッシェケースを取り出した。

「そのアタッシェケースの使いかたは、皆心得ているな」

夢妙斎が言うと、四人はうなずいた。

「それを持って、これから私に同行してもらう。芳賀舎念を葬りに行く」

19

「夢妙斎はきますかね……」

真田は芳賀舎念に尋ねた。

「きます。だが、残念なことに話し合いにではありません」

「当然そうでしょうね」

「戦いたくはないでしょうな……」

真田はそう言われて、あらためて老人の眼を見つめ返した。心の底をのぞかれるような気がして、真田は眼をそらしてしまった。

「戦いたいか戦いたくないかは問題ではありません」

真田は言った。「われわれは戦わなければならないのです」

ザミルが舎念に言った。

「私たちのような人間は、『新たなる者』とは無縁だということはよくわかっています。戦いと謀略──だが、今の世には必要なのです」

「わかっております……」

舎念は、どこか淋しげな表情でうなずいた。

「さ、具体的な計画を練ろう」

真田がザミルに言った。

「よし。サナダと恵理は、ペアを組んで外のパトロールを担当してくれ。舎念さんと羅門さんは、私といっしょにこの部屋に残る。このなかで銃を持っているのは私だけだからな」

「相手は複数でくるだろう。いくつかのグループに分かれたらどうする？」

「この部屋にくるグループは、私の獲物だ。他のグループを君たちに引き受けてもらわねばならない」

「わかった」

そのとき、羅門が戻ってきて、真田に言った。

「何とか説得して、全員帰しましたよ」

真田はうなずいた。

「われわれは二手に分かれることにしました。ザミルがこの部屋に残り、俺と恵理さんが、外をパトロールします」

「私は何をすればいいのかね？」

「できれば――」

ザミルは言った。「自分の命は自分で守っていただきたい。とにかく敵と戦おうなどと考えずひたすら身を守ることに徹してください。それが私たちの足を引っぱらない最大の方法です」

桜田羅門は素直にうなずいた。

「わかった。言うとおりにやってみよう」

ザミルは真田に尋ねた。

「武器はあるか？」

真田はズボンのポケットから、折りたたみ式のフォールディングナイフを取り出し、刃を起こして見せた。

「頼りないが、ないよりましか……」

「きょうび、街中を持ち歩けるナイフといったら、これくらいのものだからな……」

ザミルは、コルト・リボルバーを取り出し、シリンダーを開いた。使用済みの二発の薬莢《やっきょう》を抜き取り背広の右ポケットにすべり込ませた。

二個の薬莢がポケットのなかでぶつかり、澄んだ音がした。

ザミルは、ズボンのポケットに入っているスピードローダーから新しい弾薬を二個抜き取ってコルトのシリンダーに補充した。

銃をヒップホルスターに戻す。

ザミルが薬莢を背広の右のポケットに入れたのにも意味があることを真田は知っていた。

ヒップホルスターに銃を入れて持ち歩く場合、撃つときには背広のすそを大きくはね上げるＦＢＩ式コンバット・シューティングのスタイルを取ることになる。

背広をはね上げるときの重りとして空薬莢が役に立つのだ。

真田はナイフをたたんでズボンのポケットに戻し、ザミルに言った。

「さて、俺たちは外回りに出かける」

ザミルは無言でうなずいた。

恵理が真田のあとに続いて部屋を出た。

ドアが閉まる。

しばらく沈黙が続いた。その重苦しさに耐えかねるように、羅門が言った。

「こういうときには、ふたりいなくなっただけで、ずいぶんと心もとない気がするものですな……」

ザミルは笑ってみせた。

「ふたりが外の守りを固めに行ったと考えるのです。そうすれば、ずっと気が楽になる」

「芳賀のお嬢さんが心配じゃないのかね」

「だいじょうぶ。サナダがうまくやります。あのふたりは、これ以上考えられないくらい、最高のコンビなのですよ」


真雷光教団の教会は、住宅街のなかにある。ブロック塀をめぐらせてあるが、両脇の民家との距離は二メートルもない。

真田は、ナイフを手に持ち、教会の敷地内を慎重に歩いた。

「そんなに緊張しなくてもだいじょうぶよ」

恵理が言った。「敵はまだきていないわ」

真田は緊張を解いた。恵理の言葉をまったく疑っていなかった。

恵理は霊能力のレーダーを働かせているのだ。敵がくればすぐに察知するはずだった。

真田は、ザミルが自分と恵理を組ませた理由はそこにあると考えていた。

部屋のなかには芳賀舎念がひかえている。恵理と同様に、舎念も敵の来訪を察知するだろう。

真田はナイフをたたんでポケットにしまった。

空は晴れていた。半月が出ており、月明かりが柔らかく降り注いでいる。山の民の血を引く真田には、その明かりがあれば充分だった。

教会の周囲は芝生になっていた。芝がしめっぽくなり始めていた。夜露のせいだった。夜気は冷たく、スーツを着ていても、じっとしていると体が冷えてくる感じがした。

真田はジーンズの上下を着た恵理を見て尋ねた。

「寒くないか?」

恵理はかぶりを振った。

「平気よ」

恵理の冷たい手が、真田の腕に触れた。恵理は、真田の右腕を抱くようにして身を寄せてきた。

長い髪がさらさらと流れ、月の光がその上を滑った。

「……でも、こうしていると、もっとあったかいわね」

確かに、恵理のしっとりとした体温が伝わってきた。真田はたいへん心地よかった。

突然、恵理が、両手に力を込めた。真田の腕をぎゅっと握る。

真田は何が起こったのかすぐに気づいた。

「くるのか？」

恵理はうなずいた。

「たぶん車だと思うわ。夢妙斎の意識が近づいてくる」

「いっしょにいる人数はわからないか？」

恵理は宙を睨むようにして、眼に見えないものを数えている。

「四人よ……。夢妙斎を入れて五人。夢妙斎以外の四人は、たぶんおそろしいものを持っているわ」

「武器か？」

「ええ……。どんな武器かはわからないけれど、真っ黒いイメージの固まりを感じるの」

「よし。正面の見えるところへ回ろう。いっしょにくるんだ」

真田は歩き出した。恵理は手を放し、真田にぴったりとついて進んだ。

「きたか……」

沈黙を破って芳賀舎念がつぶやいた。

ザミルは、さっと老人の顔を見た。

「人数は？」

「夢妙斎を入れて五人。四人はたぶん銃を持っております」

「銃か……。やはりね……」

ザミルは羅門にもう一度言った。「何か起こったら、すぐに物陰に伏せてじっとしていてください」

「わかりました」

ザミルは舎念に尋ねた。

「あとどのくらいで到着しますか？」

「十分ほどです」

ザミルはうなずき、口のなかでつぶやいた。

「オーケイ。ショウタイムだ」


正面の門は開いていた。

真田は正面に向かって左側の角から見張っていた。すぐ後ろに恵理がいる。

教会は、三方をブロック塀で囲まれているが、正面だけは鉄の柵になっており、まえの道を見渡すことができた。

その柵にバラの木がからまっている。

真田はずいぶん長い時間待ち続けているような気がしていた。しかし、実際には十分間ほどその場にいるにすぎなかった。

ヘッドライトがゆっくり近づいてくるのが見えた。

このあたりは、典型的な住宅街で、車の往来がたいへん少ない。真田は、さっとナイフを取り出すと、刃を起こして握った。

「きたわ」

恵理が後ろで言った。「その車よ」

雷光教団の黒いセドリックだった。セドリックは正門脇の柵のまえに静かに停車した。

最初に運転席からひとりの男が降りた。

暗視力に長《た》ける真田は、その人相をはっきり見分けることができた。

安藤二級師範だった。

安藤は、車のまえを回り、後部座席のドアを開けた。プロの運転手の仕草に似ていた。

ふたりの男が後部座席から降りてきた。助手席からもうひとり出てくる。真田はすべての顔に見覚えがあった。

最後に夢妙斎が後部座席から現われた。夢妙斎は、四人の師範のうち、ふたりを車のところに残した。

芳賀舎念が、夢妙斎の手を逃れたときに、待ち受けていて殺す役目がひとつ。そして、あとのひとつは、いざというときの逃走手段の確保が目的だ。真田にはその作戦が手に取るようにわかった。

安藤が車のところに残されたうちのひとりだった。

真田は、夢妙斎以外の四人が、黒いアタッシェケースを手に下げているのに気づいた。まったく同型の鞄だった。

あのアタッシェケースが、恵理の言った、おそろしいものだろうか——そう思ったとき、ふいに彼は思い出した。

アタッシェケースは見せかけで、なかにはヘッケラー&コッホ社製マシンピストル、MP5Kが組み込まれているのだ。

ＶＩＰ警備用に西ドイツで考案されたものだ。

持ち手のところに、トリガーに連動するレバーがついており、そのレバーを引けば、たちまち弾丸がフルオートで飛び出すしかけになっている。

「気をつけろ。やつらとんでもないものを持っている」

真田は、そっと恵理に囁きかけた。

「何なの？」

真田は説明した。

「とにかく、あのふたりは俺の獲物だ。何とか片をつけよう」

「俺たちの獲物、でしょ」

「そうだったな。とにかく、ここから動かないでくれ」

「わかったわ」

真田は足もとを見た。手ごろな石を見つけると右手に持った。正面に向かって左側の角を見張りの場所に選んだのにも理由があった。

身を隠しながら、利き腕の右手を使えるのだ。

彼は手榴弾を放る要領で石を放った。

石はちょうど反対側のブロック塀に当たって大きな音をたてた。

車のところにいた安藤ともうひとりの師範は、はっとそちらを見た。

そのとたんに真田は飛び出していた。芝生の上を走る彼は、まったく足音を立てなかった。

真田は、ちょうど門の内側へ身を乗り出すようにして、背を向けていた師範の腎臓にナイフを突き立てた。

腎臓にナイフを刺された者は、そのあまりの激痛に、声もなく絶命すると言われている。

今の真田には、恵理の気持ちを気づかう余裕はなかった。殺さなければ殺される。ただ、そう考えているだけだった。

ひとりが倒れた。真田は影のように地に伏せた。

「おい、どうした」

安藤の声が聞こえる。

真田は伏せの状態でナイフの刃を持って構えた。彼は、肘と手首のスナップだけでナイフを正確に投げることができる。

陸上自衛隊で身につけた技術だった。

安藤が、倒れた仲間に近づいてきた。真田はその眉間《みけん》に狙いを定めた。

羅門が夢妙斎一行を迎えに出ていた。

一階のさほど広くないロビーだ。正面に、二階へ登る階段がある。入ってすぐ右手に受付のカウンターがあり、今はそこは無人だった。そのカウンターの陰にザミルがひそんでいた。

「久し振りですな羅門先生」

「おまえが、夢妙斎と名乗っているだけでも腹が立つ」

「負け惜しみはおよしなさい。ところで、私はあなたと話をしにきたわけではない」

「わかっておる」

階段の上から声がした。芳賀舎念だった。

普段は決して他人に見せない鋭い眼光を放っていた。

夢妙斎のすぐ後ろに立っていたふたりの師範は完全に気圧《けお》されてしまった。夢妙斎ひとりがたじろがなかった。

ザミルには、靴音で夢妙斎たち三人が受付カウンターのまえを通り過ぎていったことがわかっていた。

彼は、そっとカウンターの脇からのぞいた。

夢妙斎とふたりの体格のいい男の後ろ姿が見えた。

そのふたりが手に持っているものの正体を一目で見抜いた。

ザミルは、アタッシェケース型のMP5コッファーを下げているふたりの手に注目した。

ふたりの指がトリガーに連動するレバーに触れていたら、問答無用で飛び出し、先にふたりを射殺しなければならない。

サブマシンガンやマシンピストルは、アマチュアが持ってもおそろしい武器なのだ。

一秒間に十発も弾丸が発射されるサブマシンガンは、正確な狙いは必要ない。目標の方向に向けて掃射すれば充分に目的は達せられるのだ。

たった一挺のスナップノーズと、二挺のマシンピストルの火力の差は絶大だった。

その差を埋めるのは、プロフェッショナルの冷静な判断と決断力、そして、行動の正確さと武器に対する技倆なのだ。

ふたりの指は、まだレバーにかかっていなかった。

芳賀舎念は、夢妙斎との話を望んでいる。ザミルは、そのまま様子を見ることにした。

「ヘス総帥に話したいことというのは何なのだ？」

夢妙斎は芳賀舎念に言った。

しばらく間があった。ふたりは睨み合ったままだった。

やがて、舎念が言った。

「人も大自然の一部だということだ。人が神になろうとしてもかなわぬことだ——それが言いたい」

「そう。神にはなれない。しかし、神に限りなく近づくことはできる。ヘス総帥はそうお考えだ。『新人類委員会』は、人類が神に近づくための用意をする組織だ。『新人類委員会』が将来、この地球上に築くのは、神々の楽園だ」

「そのために、生き残るべき人種と、死に絶えるべき人種を選択しているというのか……」

「今はなき、アドルフ・ヒットラー総統のお考えだったのだ。われわれは、そのご遺志を尊重している」

「愚かな……」

芳賀舎念はつぶやいた。「神々の楽園だと言ったな……。かつても、その神々の楽園がこの日本にあったのだ……」

夢妙斎はその言葉の意味を深く考えていた。

「天孫族以前の日本人……。つまり、山の民たちのことを言っているのか?」

「そう……。『新たなる者』がもし現われるのだとしたら、その失われた神々の姿を見習うしかないのだ」

「わが『新人類委員会』は、そういう消極的な考えかたはしない。人類は常に進歩している」

「それが思い上がりだ。人間はどんどん弱い動物になってきておる」

「やはり話すだけ無駄だったな」

夢妙斎が言うと、ふたりの師範はアタッシェケースの持ち手のレバーに指をかけた。

ザミルは背広のすそをはね上げ、リボルバーを抜いた。受付カウンターの上で両手で銃を構えて狙い、物も言わず二連射した。

真田はナイフを投げた。

ナイフは一直線に安藤の顔面へ飛んだ。

安藤はすばらしい反射神経を発揮した。武術や格闘技に熟達した人間は、何よりも、反射神経がすぐれているのだ。

彼はほとんど無意識に顔を脇にそらしていた。

ナイフは頬をかすめた。血がにじみ始める。

安藤は、ナイフが飛んできた方向を見定めた。

そのとき、すでに真田は立ち上がり、安藤にショルダータックルを見舞う体勢に入っていた。

安藤はアタッシェケースの脇についている銃口を真田のほうに向けてレバーを引いた。

激しく咳き込むような音がして、アタッシェケースが揺れた。

着弾点はまったく不規則だった。

このMP5コッファーは、撃ち手からは銃口の位置が見えない。奇襲にはもってこいの銃だが、正確に何かを狙おうとしたら、よほど慣れていないと難しい。

真田はそれに賭《か》けたのだ。

安藤が撃ち続けられたのは、ほんの〇・五秒くらいのものだった。

真田は、MP5コッファーの弾道すれすれに飛び込み、安藤にショルダータックルをくらわせた。

肩口で水月を突き上げるようなタックルだ。

安藤は、銃を撃っている者に向かって体当たりしてくる人間がいようとは想像もしていなかった。

彼はもんどり打って芝生の上に転がった。

真田は、MP5コッファーを持つ手を踏みつけた。安藤は手を放した。真田はMP5コッファーを遠くへ蹴りやった。

安藤は驚きの表情で真田を見上げていた。

「おまえは、真田か……」

「どうだ。道場とは勝手が違うだろう。これが本当の戦いだ」

安藤は、自分のすぐ近くで横たわり冷たくなっている仲間の姿を、思わず見ていた。

20

ザミルが放った強力なマグナム弾は、ふたりの師範の背に穴をあけた。腹から飛び出すとき、さらに大きな穴を作っていた。

ふたりの師範は大きなハンマーで打たれたように、前方に弾き飛ばされた。一瞬にして絶命していた。ショック死だった。

その瞬間にいくつかのことが起こった。

芳賀舎念は、その年齢と風貌からは想像もできない軽い身のこなしで、すぐさま階段を登り、姿を隠した。

桜田羅門はザミルに言われたとおり、廊下の角に飛び込んで身を隠し、廊下に伏せた。

夢妙斎の動きに淀《よど》みはなかった。

彼は一瞬にして何が起こったのかを悟った。

夢妙斎は、体を床に投げ出し、横転しながら、アタッシェケース型ＭＰ５コッファーを拾い上げた。

腹這いになったとたん、ザミルめがけて撃った。

受付のカウンターの木材の部分がたちまちささくれ立った。

ザミルは頭をひっこめた。

その隙に夢妙斎は、二階へ行こうと階段に近づいた。

ザミルがさっと両手を出してリボルバーを二連射する。

夢妙斎は、再び床に伏せた。

彼はザミルに撃ち返した。

二階へ舎念を追って行ったら、逃走するのは不可能だった。夢妙斎は、この修羅場のなかで、そう判断する冷静さを保っていた。


真田は、安藤の右手を踏みつけたまま見下ろしていた。

安藤を殺すのは明らかにやりすぎに思えた。しかし、今後のことを考えると、生かしておくと面倒だった。

その迷いが隙を作った。

安藤はあおむけの状態から、いきなり、足を振り上げた。足は大きく弧を描いて、真田の右のあばらに突き立った。

真田は思わず二歩三歩と後退した。

息ができなくなり、彼はあえいだ。思わず膝をつきそうになったが、辛うじて立っていた。

最初のショックは去った。しかし、大きく息をすると胸にナイフで刺されるような鋭い痛みが走った。肋骨にひびが入ったのだ。

安藤は、ローキックを見舞ってきた。

真田はバックステップしてそれをかわした。

安藤は空振りした足を大きくフォロースルーして下ろす。半《なか》ば、真田に背を向けるような恰好になる。

真田は、飛び込んだ。

しかし、それは安藤のさそいだった。安藤は下ろした足をそのまま、後方に跳ね上げた。

踵が、ちょうど真田の痛めた脇に決まった。

安藤はその一点を狙っていたのだ。

たまらず真田はその場に崩れ、芝生の上でもがいた。今度はあばらが完全に折れたようだった。

安藤は、仲間の死体が持っていたMP5コッファーを拾い上げた。

「会えてよかったよ。君は優秀な武術家だった……」

安藤は引き金につながったレバーを引こうとした。

真田は苦しみにかすむ眼でその様子を見ていた。彼は、自分の死を受け入れようとしていた。この瞬間をかつて何度も想像していた。

フルオートの銃声が、ごく短く轟《とどろ》いた。

だが、火を噴いたのは安藤が持っているMP5コッファーではなかった。

真田たちが見張りをしていたのと反対側の角のところに恵理が立っており、彼女がMP5コッファーを構えていた。

「今度は外さないわよ」

安藤は凍りついた。

彼女はきっぱりと命じた。

「その銃を捨てて……」

安藤は、銃口を向けられてかけひきをやるほど場慣れしてはいなかった。もっとも、映画やテレビドラマと違い、そんな人間はほとんどいないことを真田は知っていた。

安藤は、アタッシェケース型の銃を放り出した。

そのとき、教会のなかから銃撃戦の音が聞こえてきた。

安藤は、その瞬間に自分の役割を思い出した。

彼は、ぱっとその場から駆け出すと、門から外へ飛び出し、黒いセドリックの運転席に滑り込んだ。

夢妙斎は、サブマシンガンを、短く連射してザミルの動きを封じながら、素早く玄関の出入口に進んだ。充分な訓練のあとが感じられる動きだった。

夢妙斎は戦闘のプロから手ほどきを受けているとザミルは思った。

夢妙斎は、外へ飛び出し、素早く状況をつかんだ。

真田は叫んだ。

「恵理！　伏せろ！」

叫びながら、自分も伏せていた。

セドリックのセルモーターが回り、エンジンが吠えた。

夢妙斎は状況を見あやまらなかった。

真田と恵理のほうに素早く連射をしておいて迷わず車に向かって突進した。

真田は、腹這いのまま進み、安藤が捨てたＭＰ５コッファーを拾った。

膝立ちの姿勢になると、セドリックめがけて、撃ちまくった。

今をおいては撃つときはない。全弾撃ち尽くした。

しかし、9ミリ弾では、ボディーに穴をあけるのが精一杯だった。

ガラスを粉々に砕いてやったが、なかの人間に致命傷は与えられなかったようだった。

その証拠にセドリックは、タイヤをきしませながら急発進した。

ザミルが駆け出してきて、マグナムで走り去る車を狙った。

しかし、彼は考え直して銃を下ろした。

恵理が肩を貸して真田を立たせた。

「よくあの銃の撃ちかたがわかったな」

真田が恵理に言った。

「敵の動きをよく見ていて、まねしただけよ。必死だったわ」

「俺は、一瞬死ぬことを覚悟したよ」

「そういえば、少し顔つきが神々しくなったかしらね。悟っちゃった？」

真田は舌を巻いた。

歴戦の兵士でも警官でも、銃撃戦のあとは恐怖のために神経が少しおかしくなるものだ。

それなのにこの少女は、冗談をとばす余裕がある。たとえ、それがやせがまんでも、たいへんな強さだと真田は思った。

彼は、恵理から離れるとザミルに訊いた。

「みんな無事か？」

「ああ。しかし、逃がしちまったな」

「俺がドジを踏んだんだ」

「なに、気にすることはない。生きているんだからな。本当にヘマをやったとき、私たちの職業では命がなくなる」

真田はうなずいた。彼は教会のなかへ行き、電話のところへ行った。

「死体？　銃撃戦？」

早乙女が電話の向こうで言った。「どうしていつも、そういうことになってしまうんだ？」

「敵の出かたがそうだからですよ。とにかく急がなければ、パトカーが先にきちまいますよ」

「わかった。とにかく、君たちは全員その場からいったん消えたまえ」

「そうします」

「現在、二三一五時。緊急措置令を解除する」

電話が切れた。

その回線は完全に沈黙した。


夢妙斎が突然失踪して、雷光教団、雷光新武術の内部は大混乱となった。

教団内でも、夢妙斎のさまざまな陰謀の噂が飛び交ったが、ほとんどが根も葉もない話だった。

そこへ乗り込むには勇気が必要だった。

桜田羅門は堂々と乗り込んで行った。芳賀舎念が、羅門に同行していたことが、役員たちに大きな影響を与えた。

今まで二代目夢妙斎に操られていた幹部を、羅門は辛抱強く説いていった。

雷光新武術は主席師範に引き継がせた。今後どうなるかはわからないが、成り行きにまかせるしかないと羅門は考えていた。

十万いた宗徒は半減していた。

それでも、三千人の小教団の宗祖から五万人もの宗徒をかかえる宗教団体の責任者になるというのは、たいへんな変化だった。

桜田羅門は、何とかそれに耐えた。

雷光教団内はようやく落ち着きを取り戻し、本来の活動を徐々に再開し始めた。


二代目夢妙斎は完全に姿を消し去った。

国内に潜んでいるのか、国外へ逃げたのか——それすらわからなかった。

真田には、それを調べる術《すべ》がなかった。

緊急措置令を解かれた今、彼には、ただひとりの国家公務員を動かす権限もない。

真田は、おそらく、夢妙斎は国内に潜んでいると考えていた。

彼は山の民だ。その血と能力を生かして、山にこもったのではないかと考えていた。

真田は、六本木のスタンドバーに、ひとりで飲みに出かけた。

長いカウンターがあり、世界各国の酒がそろっている。

アイルランドのウイスキーを選んだ。オールドブッシュミルズをストレートでもらった。

ストレートは気どりすぎかな、と考えていると、後ろから背を叩かれた。

ザミルが立っていた。

「ひとりになりたいなら言ってくれ。私は別のところで飲む」

「偶然ここで出会ったような言いかたはするな。どうせ、どこからか尾行してきたんだろう」

ザミルは笑った。

いつもの淋しげな笑いだった。彼はジントニックを注文した。

「いつかこうして、この店で飲んだことがある。覚えているか？」

「忘れるもんか。あんたと知り合って初めて杯を交わしたんだ」

「私と知り合ったことを後悔しているような口振りだな」

「している。自分が何だか知っているのか？　ユダヤ人だぜ」

ザミルは愉快そうに笑った。

「そういう君は、日本人だ」

「何か話があったんだろう？」

「話というほどのことじゃない。意見が聞きたかった」

「何だ？」

「芳賀舎念が言ったことだ。ルドルフ・ヘスに会わねばならないと――」

真田はうなずいた。

「会って話し合って、何か変わるだろうか？　俺にもそれはまったくわからない。あんたはどう思うんだ、ザミル？」

「私にもわからない。しかし、それが実現するときは、私たちは全力で何かをやらなければならないことははっきりしている」

「何を？」

「わからない」

「よし」

真田はグラスを上げた。「その何だかわからないことに乾杯だ」

ザミルもグラスを上げた。

そのとき、奥の薄暗がりのなかから、女性がふたりに近づいてきた。

真田はその女性を見て驚いた。

薄化粧をした恵理だった。

真田は言った。

「俺たちを待ち伏せしていたな……」

恵理は何も言わない。

「俺たちがここへくることを予知したんだろう」

「いいでしょ、そんなこと。それより、ふたりだけで乾杯はないでしょ。私を忘れた罰よ。一杯、おごりなさい」

「まいったな。君は命の恩人でもあるし、断るわけにはいかない。何がいいんだ？」

「アレキサンダー」

「ブランデーベースのカクテルだぞ。高校生だろ？」

「しっ」

恵理は本当にあわてた。「こんなところで、そういうこと言っちゃだめよ」

「それで化粧なんぞしているわけか？」

「もう……。そんなんじゃ若いガールフレンドはできないわよ」

「若い？　君くらいのか？　いらないよ、そんなもん」

真田がぼそりと言うと、ザミルが大声で笑った。


（第五話完）

解説

山前　譲

今野敏氏の特殊防諜班シリーズも、巻を重ねて本書『特殊防諜班　諜報潜入』が五作目となった。陸上幕僚監部第二部別室の室長・早乙女隆一《さおとめりゅういち》の指揮の下、特殊防諜班の真田武男《さなだたけお》がこれまで闘ってきた相手は、「新人類委員会」と名乗る不気味な組織である。

「新人類委員会」のルーツはあのアドルフ・ヒットラーだ。今の人類は、聖書に書かれているように、いったん滅亡してしまう。だが、そこから、神が選んだ「新たなる者」たちが千年王国を築き上げていくことになる。ヒットラーは、ユダヤ民族が密かにその「新たなる者」になる計画を進めていると、誇大妄想にとりつかれていたという。

「新人類研究会」はさらに研究をすすめ、その「新たなる者」は「ユダヤの失われた十支族」から生まれるという結論を得た。しかし、「新たなる者」はゲルマン民族でなければならないのである。「新人類委員会」が将来、地球上に楽園を築くのだ。そのためには、「ユダヤの失われた十支族」の秘密を我がものにし、その血脈をなんとしても絶たなければ……。

激闘を続けていくなかで、真田の任務はしっかり方向付けられた。流れ流れて日本に辿《たど》りついた、「十支族」の今や唯一の末裔《まつえい》とされる芳賀一族を、すなわち超絶的な霊能力者として知られる芳賀《はが》舎念《しやねん》と、その霊能力を受け継いだ孫の恵理《えり》を、「新人類委員会」の魔手から守ることである。

その真田に先んじて「新人類委員会」に注目してきたのが、イスラエルが世界に誇る諜報機関モサドのエージェントのヨセレ・ザミルだった。「新人類委員会」の目的に気付けば、それは当然のことだろう。日本大使館員として赴任中も、常に「新人類委員会」の動向には眼を配っていた。そして、真田と知り合う。所属している組織は違うけれども、抜群のチームワークで、ふたりは「新人類委員会」と闘ってきた。

前作『特殊防諜班　凶星降臨』で、その「新人類委員会」の真の総帥が、西ドイツのシュパンダウ刑務所で自殺したと報じられた、元ナチス副総統のルドルフ・ヘスと判明する。ヒットラーの遺志を継いで、多国籍企業のフェニクサンダー・コーポレーションや、環境問題や人口問題の研究に寄与する目的で設立されたフェニクサンダー財団を隠れ蓑《みの》とし、すでに九十歳を超えたヘスが暗躍していたのだ。

ザミルはベルリンでそのヘスに迫ったが、残念ながら逃げられてしまう。そして新たな「新人類委員会」の魔手が日本へ――その日、真田は恵理に誘われて、異種格闘技戦が行われている後楽園ホールに来ていた。主催者であり、雷光《らいこう》教団の教祖である二代目夢妙斎《むみょうさい》が自らリングに登場し、アメリカン・マーシャルアーツのチャンピオンと戦いはじめる。夢妙斎は四十歳を過ぎた小柄な男だが、一ラウンドで対戦相手を気絶させてしまった。真田は驚く。夢妙斎が使った技が、山の民の拳法だったからである。

山の民は日本の先住民族と言われている。日本のいかなる政府にも属することなかった誇り高い民族で、山から山へと移動しながら生活してきた。真田は孤児だったが、芳賀舎念によれば、その山の民の子供に違いないというのだ。もしかしたら二代目夢妙斎は自分の同胞かもしれない。そうであればなんとも心強いことだが……。

雷光教団？　そう、記念すべき第一作『特殊防諜班　連続誘拐』に登場した神道系の新興宗教団体だ。教祖の東田《ひがしだ》夢妙斎が何者かに誘拐されてしまう。最高位の弟子である桜田羅門《さくらだらもん》らは、夢妙斎がかつて修行した芳賀舎念のもとを訪れて相談する。ところが舎念は、夢妙斎の断末魔の思念を感じてしまうのだ。すでに命はない？　ほかにも新興宗教の教祖が誘拐される事件が続発していた。その一連の事件に注目したのが、特殊防諜班であり、モサドだった。

　ザミルや恵理と知り合った最初の事件である。それだけに真田は現在の雷光教団に、そして教祖に大きな興味を抱いたが、話を聞いた早乙女室長は、その調査を特殊防諜班の新たな任務とする。指令コードは名付けて「シャンパンと花束」。

　調べてみると、かつての雷光教団は、桜田羅門を教祖とする真雷光教団と二代目東田夢妙斎を教祖とする「雷光教団」とに分裂していた。二代目夢妙斎は独特のカリスマ性で信者を増やし、今では十万人に達しているという。大男を手玉に取る武術、整体術のような治療、莫大な財力、ベールに包まれた過去……。真田は「雷光新武術」と名付けられた武道を習うことで、雷光教団の内部に迫っていく。

　ところでザミルはどうしていたのか。じつは別の仕事に忙殺されていたのである。八年ほど続いたイラン・イラク戦争は停戦したものの、中東情勢はますます不安定なものになり、モサドは情報分析に激務を余儀なくされた。ザミルもまた例外ではなかったのだ。

　国境をめぐってのイラン・イラク戦争は、一九八〇年九月二十二日、イラク軍がイランの空港を攻撃して始まった。当時のイラクはサダム・フセイン政権であり、イランはホメイニが最高指導者である。アラブ人国家イラクとペルシア人国家イランの民族的対立やイスラム教内のシーア派とスンナ派の宗教的対立、そして石油利権を背景にして勃発した戦争だったが、当然ながら、米ソ中、アラブ諸国の思惑も大きく影響していた。さらに混乱させたのは、イスラム革命精神でアラブ諸国を敵に回したイランを、なんとイスラエルが援助したことである。

「新人類委員会」の目指すところから分かるように、このシリーズの背景には紀元前からの中近東の歴史がある。真田の、そしてザミルの任務は、中近東の情勢とも深くかかわっているのだ。

原子炉爆撃事件や化学兵器の使用などが大きな問題となり、たがいにミサイルを都市に撃ち合うまで泥沼化したイラン・イラク戦争は、一九八八年八月二十日、即時停戦を求めた国連安全保障理事会の決議を受け入れてようやく停戦となった。

しかし、中近東の緊張は収まらなかった。戦争で経済的な窮地に陥ったイラクは、石油を狙って、一九九〇年八月二日、クウェートに侵攻する。いわゆる湾岸戦争に発展し、日本の国際貢献が問われる事態となった。さらに、二〇〇一年九月十一日の同時多発テロに報復する米軍のアフガニスタン攻撃、今なお続くパレスチナ紛争、第二次湾岸戦争と言われるイラク戦争など、何千年もの歴史のうねりはなかなかこの地域に安定をもたらさない。

少し先走ってしまったが、イラン・イラク戦争後の情勢分析に振り回されながらも、ザミルの脳裏から「新人類委員会」が消え去ることはなかった。本国にいるモサドの同僚の協力を得て、フェニクサンダー・コーポレーションの資金の動きを調べていく。そしてようやく摑んだ、多額の資金の送り先は……。

一方、真田は、二代目夢妙斎の前での稽古《けいこ》でその技を認められ、師範候補生として合宿生活をすることになった。教団内部に一歩一歩踏み込んでいく真田。だが、その時、恵理に危機が！

今回の任務で真田がターゲットとした二代目夢妙斎は、山の民の拳法の達人である。だから、随所に織り込まれている武術のシーンは、これまで以上に迫力たっぷりである。

常心門で長く空手を学んだ今野氏は、一九九九年に独立して空手道場「空手道今野塾」をスタートさせた。礼節を大切にし、最もオリジナルに近い空手を追求し、実戦的なテクニックを学ぶ道場は、ロシアなどにいくつも支部を持つほどだ。

本書は一九八八年十二月に『失われた神々の戦士』のタイトルで天山出版より書き下ろし刊行されたもので、待望の文庫化となるが、その頃の今野氏は、棒術の稽古をするようになり、また整体を学びはじめている。武術にたいして高まる関心が、作品にも反映されていったようだ。なお、その一九八八年は、安積警部補シリーズの第一作『東京ベイエリア分署』(のちに『二重標的』と改題)が刊行された記念すべき年でもあった。

武道あるいは武術に関係した今野作品には、「秘拳水滸伝シリーズ」、「孤拳シリーズ」、『惣角流浪』、『義珍の拳』、『武打星』、『武士猿』など多数あるが、ここでは、自衛隊のレンジャー部隊で格闘技を仕込まれた真田と、山の民の技を会得した夢妙斎やその弟子たちとの対決シーンがとりわけ注目される。真田もこれまで機会あるごとに、山の民の技を舎念や恵理から教えられてきた。だが、夢妙斎が繰り出す「居当《いあ》て」「疾風《はやて》」「波返《なみがえ》し」「草這《くさば》い」といった雷光新武術には、すっかり圧倒されてしまうのだ。

はたしてそんな強敵の夢妙斎を相手に、真田、ザミル、そして恵理はどうすればいいのか。いつもながらのチームワークでその危機を乗り越えていくが、壮絶なバトルの結末は間違いなく、次作への期待を大きく募らせるだろう。もちろん、読者の期待を裏切ることのないそのシリーズ第六作が、ますますスケールアップされて待っている。

●この作品は一九八八年十二月天山出版より刊行された『失われた神々の戦士』（新人類戦線シリーズ）を改題したものです。

（この作品はフィクションですので、登場する人物、団体は、実在するいかなる個人、団体とも関係ありません。）

|著者| 今野 敏　1955年北海道三笠市生まれ。上智大学在学中の'78年「怪物が街にやってくる」（現在、同名の朝日文庫に収録）で問題小説新人賞受賞。卒業後、レコード会社勤務を経て作家となる。2006年『隠蔽捜査』（新潮文庫）で吉川英治文学新人賞受賞。'08年『果断　隠蔽捜査2』（新潮文庫）で山本周五郎賞、日本推理作家協会賞受賞。2017年「隠蔽捜査」シリーズで吉川英治文庫賞受賞。「空手道今野塾」を主宰し、空手、棒術を指導。主な近刊に『豹変』、『精鋭』、『防諜捜査』、『臥龍　横浜みなとみらい署暴対係』、『マインド』、『マル暴総監』、『サーベル警視庁』、『回帰　警視庁強行犯係・樋口顕』、『虎の尾　渋谷署強行犯係』、『アンカー』、『変幻』、『武士マチムラ』、『道標　東京湾臨海署安積班』、『棲月　隠蔽捜査7』、『カットバック　警視庁FCⅡ』、『任侠浴場』、『ST　プロフェッション　警視庁科学特捜班』、『天を測る』などがある。

特殊防諜班《とくしゅぼうちょうはん》　諜報潜入《ちょうほうせんにゅう》

今野《こんの》 敏《びん》

2009年11月13日第1刷発行
2021年11月26日第8刷発行

発行者――鈴木章一
発行所――株式会社　講談社
東京都文京区音羽2-12-21　〒112-8001
電話　出版（03）5395-3510
　　　販売（03）5395-5817
　　　業務（03）5395-3615

Printed in Japan

講談社文庫
定価はカバーに
表示してあります

KODANSHA

デザイン――菊地信義
本文データ制作―講談社デジタル製作
表紙印刷――豊国印刷株式会社
カバー印刷―大日本印刷株式会社
本文印刷・製本―株式会社講談社

ISBN978-4-06-276508-4

講談社文庫刊行の辞

二十一世紀の到来を目睫に望みながら、われわれはいま、人類史上かつて例を見ない巨大な転換期をむかえようとしている。

世界も、日本も、激動の予兆に対する期待とおののきを内に蔵して、未知の時代に歩み入ろうとしている。このときにあたり、創業の人野間清治の「ナショナル・エデュケイター」への志を現代に甦らせようと意図して、われわれはここに古今の文芸作品はいうまでもなく、ひろく人文・社会・自然の諸科学から東西の名著を網羅する、新しい綜合文庫の発刊を決意した。

激動の転換期はまた断絶の時代である。われわれは戦後二十五年間の出版文化のありかたへの深い反省をこめて、この断絶の時代にあえて人間的な持続を求めようとする。いたずらに浮薄な商業主義のあだ花を追い求めることなく、長期にわたって良書に生命をあたえようとつとめるところにしか、今後の出版文化の真の繁栄はあり得ないと信じるからである。

同時にわれわれはこの綜合文庫の刊行を通じて、人文・社会・自然の諸科学が、結局人間の学にほかならないことを立証しようと願っている。かつて知識とは、「汝自身を知る」ことにつきていた。現代社会の瑣末な情報の氾濫のなかから、力強い知識の源泉を掘り起し、技術文明のただなかに、生きた人間の姿を復活させること。それこそわれわれの切なる希求である。

われわれは権威に盲従せず、俗流に媚びることなく、渾然一体となって日本の「草の根」をかたちづくる若く新しい世代の人々に、心をこめてこの新しい綜合文庫をおくり届けたい。それは知識の泉であるとともに感受性のふるさとであり、もっとも有機的に組織され、社会に開かれた万人のための大学をめざしている。大方の支援と協力を衷心より切望してやまない。

一九七一年七月

野間省一

黒木　渚　壁の鹿
黒木　渚　本性
栗山圭介　居酒屋ふじ
栗山圭介　国士舘物語
久坂部　羊　祝葬
黒澤いづみ　人間に向いてない
久賀理世　奇譚蒐集家　小泉八雲〈白衣の女〉
決戦！シリーズ　決戦！関ヶ原
決戦！シリーズ　決戦！大坂城
決戦！シリーズ　決戦！本能寺
決戦！シリーズ　決戦！川中島
決戦！シリーズ　決戦！桶狭間
決戦！シリーズ　決戦！関ヶ原2
決戦！シリーズ　決戦！新選組
小峰　元　アルキメデスは手を汚さない
今野　敏　ST　警視庁科学特捜班　エピソード1〈新装版〉
今野　敏　ST　警視庁科学特捜班　毒物殺人〈新装版〉
今野　敏　ST　警視庁科学特捜班〈黒いモスクワ〉
今野　敏　ST　警視庁科学特捜班〈青の調査ファイル〉
今野　敏　ST　警視庁科学特捜班〈赤の調査ファイル〉
今野　敏　ST　警視庁科学特捜班〈黄の調査ファイル〉
今野　敏　ST　警視庁科学特捜班〈緑の調査ファイル〉
今野　敏　ST　警視庁科学特捜班〈黒の調査ファイル〉
今野　敏　ST　為朝伝説殺人ファイル〈警視庁科学特捜班〉
今野　敏　ST　桃太郎伝説殺人ファイル〈警視庁科学特捜班〉
今野　敏　ST　沖ノ島伝説殺人ファイル〈警視庁科学特捜班〉
今野　敏　ST　化合　エピソード0〈警視庁科学特捜班〉
今野　敏　ST　プロフェッション〈警視庁科学特捜班〉
今野　敏　特殊防諜班　諜報潜入
今野　敏　特殊防諜班　聖域炎上
今野　敏　特殊防諜班　最終特命
今野　敏　茶室殺人伝説
今野　敏　奏者水滸伝　白の暗殺教団
今野　敏　同期
今野　敏　欠落
今野　敏　変幻
今野　敏　警視庁FC
今野　敏　カットバック　警視庁FCII
今野　敏　継続捜査ゼミ
今野　敏　蓬莱〈新装版〉
今野　敏　イコン〈新装版〉
後藤正治　天人〈深代惇郎と新聞の時代〉
後藤正治　拗《す》ね者たらん〈本田靖春　人と作品〉
幸田　文　崩れ
幸田　文　季節のかたみ
幸田　文　台所のおと〈新装版〉
小池真理子　冬の伽藍
小池真理子　夏の吐息
小池真理子　千日のマリア
五味太郎　大人問題
鴻上尚史　あなたの魅力を演出するちょっとしたヒント
鴻上尚史　鴻上尚史の俳優入門
鴻上尚史　青空に飛ぶ
小泉武夫　納豆の快楽
近藤史人　藤田嗣治「異邦人」の生涯
小前　亮　趙《ちょう》匡《きょう》胤《いん》〈宋の太祖〉
小前　亮　賢帝と逆臣と〈康熙《こうき》帝《てい》と三藩の乱〉

講談社文庫　目録

佐藤さとる　〈コロボックル物語④〉ふしぎな目をした男の子
佐藤さとる　〈コロボックル物語⑤〉小さな国のつづきの話
佐藤さとる　〈コロボックル物語⑥〉コロボックルむかしむかし
佐藤さとる　天　狗　童　子
佐藤さとる 絵／村上　勉　わんぱく天国
佐藤愛子　新装版 戦いすんで日が暮れて
佐木隆三　慟　　　　哭〈小説・林郁夫裁判〉
佐木隆三　身　　分　　帳
佐高　信　石原莞爾その虚飾
佐高　信　わたしを変えた百冊の本
佐高　信　新装版 逆　命　利　君
佐藤雅美　恵比寿屋喜兵衛手控え
佐藤雅美　隼　小　僧　異　聞〈物書同心居眠り紋蔵〉
佐藤雅美　密　　　　約〈物書同心居眠り紋蔵〉
佐藤雅美　老　博　奕　打　ち〈物書同心居眠り紋蔵〉
佐藤雅美　向井帯刀の発心〈物書同心居眠り紋蔵〉
佐藤雅美　一心斎不覚の筆禍〈物書同心居眠り紋蔵〉
佐藤雅美　魔　物　が　棲　む　町〈物書同心居眠り紋蔵〉
佐藤雅美　ちよの負けん気、実の父親〈物書同心居眠り紋蔵〉

佐藤雅美　へこたれない人〈物書同心居眠り紋蔵〉
佐藤雅美　わけあり師匠事《こと》の顛末〈物書同心居眠り紋蔵〉
佐藤雅美　御奉行の頭の火照《ほて》り〈物書同心居眠り紋蔵〉
佐藤雅美　敵《かたき》討ちか主殺しか〈物書同心居眠り紋蔵〉
佐藤雅美　江　戸　繁　昌　記〈寺門静軒無聊伝〉
佐藤雅美　青　雲　遙　か　に〈大内俊助の生涯〉
佐藤雅美　悪足掻《あが》きの跡始末 厄介弥三郎
酒井順子　負け犬の遠吠え
酒井順子　金閣寺の燃やし方
酒井順子　気付くのが遅すぎて、
酒井順子　朝からスキャンダル
酒井順子　忘れる女、忘れられる女
酒井順子　次の人、どうぞ！
佐野洋子　嘘　　ば　　っ　　か〈新釈・世界おとぎ話〉
佐野洋子　コ　ッ　コ　ロ　か　ら
佐川芳枝　寿司屋のかみさん　サヨナラ大将
笹生陽子　ぼくらのサイテーの夏
笹生陽子　きのう、火星に行った。
笹生陽子　世界がぼくを笑っても

沢木耕太郎　一号線を北上せよ〈ヴェトナム街道編〉
沢村　凜　タ　　ソ　　ガ　　レ
佐藤多佳子　一瞬の風になれ 全三巻
笹本稜平　駐　　在　　刑　　事
笹本稜平　駐在刑事 尾根を渡る風
佐藤あつ子　昭《あき》 田中角栄と生きた女
西條奈加　世直し小町りんりん
西條奈加　ま　る　ま　る　の　毬《いが》
佐伯チズ　背完全版 佐伯チズ式「完全美肌バイブル」〈123の肌悩みにズバリ回答！〉
斉藤　洋　ルドルフとイッパイアッテナ
斉藤　洋　ルドルフともだちひとりだち
佐々木裕一　若返り同心 如月源十郎〈不思議な飴玉〉
佐々木裕一　若返り同心 如月源十郎〈闇の顔〉
佐々木裕一　公　家　武　者　信平《のぶひら》〈消えた狐丸〉
佐々木裕一　逃　げ　た　名　馬〈公家武者 信平㈡〉
佐々木裕一　比　叡　山　の　鬼〈公家武者 信平㈢〉
佐々木裕一　公卿《ぎょう》の　罠《わな》〈公家武者 信平㈣〉
佐々木裕一　狙　わ　れ　た　旗　本〈公家武者 信平㈤〉
佐々木裕一　赤　い　刀　身〈公家武者 信平㈥〉

講談社文庫　目録

佐々木裕一　帝《みかど》の刀《とう》匠《しょう》〈公家武者 信平(七)〉
佐々木裕一　若君の覚悟〈公家武者 信平(八)〉
佐々木裕一　くもの頭領〈公家武者 信平(九)〉
佐々木裕一　宮中の誘い〈公家武者 信平(十)〉
佐々木裕一　狐のちょうちん〈公家武者信平ことはじめ(一)〉
佐々木裕一　姫のため息〈公家武者信平ことはじめ(二)〉
佐々木裕一　四谷の弁慶〈公家武者信平ことはじめ(三)〉
佐々木裕一　暴れ公卿〈公家武者信平ことはじめ(四)〉
佐々木裕一　千石の夢〈公家武者信平ことはじめ(五)〉
佐藤　究《きわむ》　QJKJQ
佐藤　究　Ank : 〈a mirroring ape〉
佐藤　究　サージウスの死神
佐野　晶／三田紀房・原作　小説アルキメデスの大戦
澤村伊智　恐怖小説キリカ
さいとう・たかを／戸川猪佐武 原作　歴史劇画 大宰相〈第一巻 吉田茂の闘争〉
さいとう・たかを／戸川猪佐武 原作　歴史劇画 大宰相〈第二巻 鳩山一郎の悲運〉
さいとう・たかを／戸川猪佐武 原作　歴史劇画 大宰相〈第三巻 岸信介の強腕〉
さいとう・たかを／戸川猪佐武 原作　歴史劇画 大宰相〈第四巻 池田勇人と佐藤栄作の激突〉
さいとう・たかを／戸川猪佐武 原作　歴史劇画 大宰相〈第五巻 田中角栄の革命〉
さいとう・たかを／戸川猪佐武 原作　歴史劇画 大宰相〈第六巻 三木武夫の挑戦〉
さいとう・たかを／戸川猪佐武 原作　歴史劇画 大宰相〈第七巻 福田赳夫の復讐〉
さいとう・たかを／戸川猪佐武 原作　歴史劇画 大宰相〈第八巻 大平正芳の決断〉
さいとう・たかを／戸川猪佐武 原作　歴史劇画 大宰相〈第九巻 鈴木善幸の苦悩〉
さいとう・たかを／戸川猪佐武 原作　歴史劇画 大宰相〈第十巻 中曽根康弘の野望〉
佐藤　優　人生の役に立つ聖書の名言
佐藤　優　戦時下の外交官〈ナチス・ドイツの崩壊を目撃した吉野文六〉
斉藤詠一　到達不能極
佐々木　実　竹中平蔵 市場と権力「改革」に憑かれた経済学者の肖像
斎藤千輪　神楽坂つきみ茶屋〈禁断の"盃"と絶品江戸レシピ〉
斎藤千輪　神楽坂つきみ茶屋2〈突然のピンチと喜寿の祝い膳〉
作画：蔡志忠／訳：和田武司／監修：野末陳平　マンガ 孔子の思想
作画：蔡志忠／訳：和田武司／監修：野末陳平　マンガ 老荘の思想
作画：蔡志忠／訳：和田武司／監修：野末陳平　マンガ 孫子・韓非子の思想
司馬遼太郎　新装版 播磨灘物語 全四冊
司馬遼太郎　新装版 箱根の坂(上)(中)(下)
司馬遼太郎　新装版 アームストロング砲
司馬遼太郎　新装版 歳月(上)(下)
司馬遼太郎　新装版 おれは権現
司馬遼太郎　新装版 大坂侍
司馬遼太郎　新装版 北斗の人(上)(下)
司馬遼太郎　新装版 軍師二人
司馬遼太郎　新装版 真説宮本武蔵
司馬遼太郎　新装版 最後の伊賀者
司馬遼太郎　新装版 俄(上)(下)
司馬遼太郎　新装版 尻啖え孫市(上)(下)
司馬遼太郎　新装版 王城の護衛者
司馬遼太郎　新装版 妖怪(上)(下)
司馬遼太郎　新装版 風の武士(上)(下)
司馬遼太郎　戦雲の夢〈レジェンド歴史時代小説〉
司馬遼太郎／海音寺潮五郎　新装版 日本歴史を点検する
司馬遼太郎／井上ひさし　新装版 国家・宗教・日本人
司馬遼太郎／陳舜臣／金達寿　新装版 歴史の交差路にて〈日本・中国・朝鮮〉
柴田錬三郎　お江戸日本橋(上)(下)
柴田錬三郎　貧乏同心御用帳
柴田錬三郎　新装版 岡っ引どぶ〈柴錬捕物帖〉
柴田錬三郎　新装版 顔十郎罷り通る(上)(下)
白石一郎　庖丁ざむらい〈レジェンド歴史時代小説〉〈十時半睡事件帖〉

講談社文庫　目録

柴崎竜人　三軒茶屋星座館3〈春のカリスト〉
柴崎竜人　三軒茶屋星座館4〈秋のアンドロメダ〉
周木律　眼球堂の殺人〈～The Book～〉
周木律　双孔堂の殺人〈～Double Torus～〉
周木律　五覚堂の殺人〈～Burning Ship～〉
周木律　伽藍堂の殺人〈～Banach-Tarski Paradox～〉
周木律　教会堂の殺人〈～Game Theory～〉
周木律　鏡面堂の殺人〈～Theory of Relativity～〉
周木律　大聖堂の殺人〈～The Books～〉
下村敦史　闇に香る嘘
下村敦史　生還者
下村敦史　叛《はん》徒《と》
下村敦史　失踪者
下村敦史　緑の窓口〈樹木トラブル解決します〉
九把刀　阿井幸作／泉京鹿訳　あの頃、君を追いかけた
神護かずみ　ノワールをまとう女
四戸俊成　芹沢政信　神在月のこども
杉本苑子　孤愁の岸(上)(下)
鈴木光司　神々のプロムナード

鈴木英治　大江戸監察医
杉本章子　お狂言師歌吉うきよ暦
杉本章子　大奥二人道成寺〈お狂言師歌吉うきよ暦〉
諏訪哲史　アサッテの人
菅野雪虫　天山の巫女《みこ》ソニン(1)　黄金の燕
菅野雪虫　天山の巫女《みこ》ソニン(2)　海の孔雀
菅野雪虫　天山の巫女《みこ》ソニン(3)　朱鳥《あけがらす》の星
菅野雪虫　天山の巫女《みこ》ソニン(4)　夢の白鷺
菅野雪虫　天山の巫女《みこ》ソニン(5)　大地の翼
鈴木大介　ギャングース・ファイル〈家のない少年たち〉
鈴木みき　日帰り登山のススメ〈あした、山へ行こう！〉
砂原浩太朗　いのちがけ〈加賀百万石の礎〉
瀬戸内寂聴　新寂庵説法　愛なくば
瀬戸内寂聴　人が好き［私の履歴書］
瀬戸内寂聴　白道
瀬戸内寂聴　寂聴相談室　人生道しるべ
瀬戸内寂聴　瀬戸内寂聴の源氏物語
瀬戸内寂聴　愛する能力
瀬戸内寂聴　藤壺

瀬戸内寂聴　生きることは愛すること
瀬戸内寂聴　寂聴と読む源氏物語
瀬戸内寂聴　月の輪草子
瀬戸内寂聴　新装版　寂庵説法
瀬戸内寂聴　死に支度
瀬戸内寂聴　新装版　蜜と毒
瀬戸内寂聴　新装版　花《か》怨《えん》
瀬戸内寂聴　新装版　祇《ぎ》園女御《おんにょうご》(上)(下)
瀬戸内寂聴　新装版　かの子撩乱
瀬戸内寂聴　新装版　京まんだら(上)(下)
瀬戸内寂聴　いのち
瀬戸内寂聴　花のいのち
瀬戸内寂聴　ブルーダイヤモンド〈新装版〉
瀬戸内寂聴・訳　源氏物語　巻一《まきいち》
瀬戸内寂聴・訳　源氏物語　巻二《まきに》
瀬戸内寂聴・訳　源氏物語　巻三《まきさん》
瀬戸内寂聴・訳　源氏物語　巻四《まきし》
瀬戸内寂聴・訳　源氏物語　巻五《まきご》
瀬戸内寂聴・訳　源氏物語　巻六《まきろく》

瀬戸内寂聴・訳　源氏物語　巻《まき》七《しち》
瀬戸内寂聴・訳　源氏物語　巻《まき》八《はち》
瀬戸内寂聴・訳　源氏物語　巻《まき》九《く》
瀬戸内寂聴・訳　源氏物語　巻《まき》十《じゅう》
先崎　学　先崎 学の実況！ 盤外戦
妹尾河童　少年H (上)(下)
瀬尾まいこ　幸福な食卓
関原健夫　がん六回 人生全快
瀬川晶司　泣き虫しょったんの奇跡 完全版〈サラリーマンから将棋のプロへ〉
仙川　環《たまき》　幸福の劇薬〈医者探偵・宇賀神晃〉
仙川　環　偽装診療〈医者探偵・宇賀神晃〉
瀬木比呂志　黒い巨塔〈最高裁判所〉
瀬那和章　今日も君は、約束の旅に出る
曽野綾子　新装版 無名碑 (上)(下)
三浦朱門 曽野綾子　夫婦のルール
蘇部健一　六枚のとんかつ
蘇部健一　六とん2
蘇部健一　届かぬ想い
曽根圭介　沈底魚

曽根圭介　藁《わら》にもすがる獣たち
曽根圭介　TATSUMAKI〈特命捜査対策室7係〉
田辺聖子　川柳でんでん太鼓
田辺聖子　ひねくれ一茶
田辺聖子　愛の幻滅 (上)(下)
田辺聖子　うたかた
田辺聖子　春情蛸の足
田辺聖子　蝶花嬉遊図
田辺聖子　言い寄る
田辺聖子　私的生活
田辺聖子　苺をつぶしながら
田辺聖子　不機嫌な恋人
田辺聖子　女の日時計
谷川俊太郎訳 和田誠絵　マザー・グース 全四冊
立花　隆　中核VS革マル (上)(下)
立花　隆　日本共産党の研究 全三冊
立花　隆　青春漂流
滝口康彦　粟田口の狂女〈レジェンド歴史時代小説〉
高杉　良　労働貴族

高杉　良　広報室沈黙す (上)(下)
高杉　良　炎の経営者 (上)(下)
高杉　良　小説 日本興業銀行 全五冊
高杉　良　社長の器
高杉　良　その人事に異議あり〈女性広報主任のジレンマ〉
高杉　良　人事権！
高杉　良　小説消費者金融〈クレジット社会の罠〉
高杉　良　小説 新巨大証券 (上)(下)
高杉　良　局長罷免 小説通産省
高杉　良　首魁《しゅかい》の宴《うたげ》〈政官財腐敗の構図〉
高杉　良　指名解雇
高杉　良　燃ゆるとき
高杉　良　挑戦つきることなし〈小説ヤマト運輸〉
高杉　良　銀行大合併〈短編小説全集(上)〉
高杉　良　エリートの反乱〈短編小説全集(中)〉
高杉　良　金融腐蝕列島 (上)(下)
高杉　良　銀行大統合〈小説みずほFG〉
高杉　良　勇気凜々
高杉　良　混沌《こんとん》 新・金融腐蝕列島 (上)(下)

講談社文庫　目録

高杉　良　乱気流（上）（下）
高杉　良　小説 会社再建
高杉　良　小説 ザ・ゼネコン
高杉　良　新装版 懲戒解雇
高杉　良　新装版 大逆転！〈小説 三菱・第一銀行合併事件〉
高杉　良　新装版 バンダルの塔
高杉　良　第四権力〈巨大メディアの罪〉
高杉　良　巨大外資銀行
高杉　良　最強の経営者〈アサヒビールを再生させた男〉
高杉　良　リベンジ〈巨大外資銀行〉
高杉　良　新装版 会社蘇生
竹本健治　新装版 匣《はこ》の中の失楽
竹本健治　囲碁殺人事件
竹本健治　将棋殺人事件
竹本健治　トランプ殺人事件
竹本健治　狂い壁 狂い窓
竹本健治　涙《るい》香《こう》迷《めい》宮《きゅう》
竹本健治　新装版 ウロボロスの偽書（上）（下）
竹本健治　ウロボロスの基礎論（上）（下）
竹本健治　ウロボロスの純正音律（上）（下）
高橋源一郎　日本文学盛衰史
高橋克彦　写楽殺人事件
高橋克彦　総門谷
高橋克彦　炎立《ほむら》つ 壱 北の埋み火
高橋克彦　炎立つ 弐 燃える北天
高橋克彦　炎立つ 参 空への炎
高橋克彦　炎立つ 四 冥き稲妻
高橋克彦　炎立つ 伍 光彩楽土
高橋克彦　炎立つ〈全五巻〉
高橋克彦　火怨〈北の燿星アテルイ〉（上）（下）
高橋克彦　水壁〈アテルイを継ぐ男〉
高橋克彦　天を衝く(1)～(3)
高橋克彦　風の陣 一 立志篇
高橋克彦　風の陣 二 大望篇
高橋克彦　風の陣 三 天命篇
高橋克彦　風の陣 四 風雲篇
高橋克彦　風の陣 五 裂心篇
髙樹のぶ子　オライオン飛行
田中芳樹　創竜伝1〈超能力四兄弟《ドラゴン》〉
田中芳樹　創竜伝2〈摩天楼の四兄弟《ドラゴン》〉
田中芳樹　創竜伝3〈逆襲の四兄弟《ドラゴン》〉
田中芳樹　創竜伝4〈四兄弟《ドラゴン》脱出行〉
田中芳樹　創竜伝5〈蜃気楼都市《ミラージュ・シティ》〉
田中芳樹　創竜伝6〈染血の夢《ブラッディ・ドリーム》〉
田中芳樹　創竜伝7〈黄土のドラゴン〉
田中芳樹　創竜伝8〈仙境のドラゴン〉
田中芳樹　創竜伝9〈妖世紀のドラゴン〉
田中芳樹　創竜伝10〈大英帝国最後の日〉
田中芳樹　創竜伝11〈銀月王伝奇〉
田中芳樹　創竜伝12〈竜王風雲録〉
田中芳樹　創竜伝13〈噴火列島〉
田中芳樹　魔天楼〈薬師寺涼子の怪奇事件簿〉
田中芳樹　東京ナイトメア〈薬師寺涼子の怪奇事件簿〉
田中芳樹　巴里《パリ》・妖都変〈薬師寺涼子の怪奇事件簿〉
田中芳樹　クレオパトラの葬送〈薬師寺涼子の怪奇事件簿〉
田中芳樹　黒蜘蛛島《ブラックスパイダー・アイランド》〈薬師寺涼子の怪奇事件簿〉
田中芳樹　夜光曲〈薬師寺涼子の怪奇事件簿〉
田中芳樹　魔境の女王陛下〈薬師寺涼子の怪奇事件簿〉

講談社文庫 目録

田中芳樹 タイタニア1〈疾風篇〉
田中芳樹 タイタニア2〈暴風篇〉
田中芳樹 タイタニア3〈旋風篇〉
田中芳樹 タイタニア4〈烈風篇〉
田中芳樹 タイタニア5〈凄風篇〉
田中芳樹 ラインの虜囚
田中芳樹 新・水滸後伝(上)(下)
田中芳樹 幸田露伴 原作 運命〈二人の皇帝〉
田中芳樹 土屋守 「イギリス病」のすすめ
田中芳樹ほか 文 皇名月 画・文 中国帝王図
田中芳樹 赤城毅 中欧怪奇紀行
田中芳樹 編訳 岳飛伝(一)〈青雲篇〉
田中芳樹 編訳 岳飛伝(二)〈烽火篇〉
田中芳樹 編訳 岳飛伝(三)〈風塵篇〉
田中芳樹 編訳 岳飛伝(四)〈悲曲篇〉
田中芳樹 編訳 岳飛伝(五)〈凱歌篇〉
高田文夫 TOKYO芸能帖〈1981年のビートたけし〉
高村薫 李歐《りおう》
高村薫 マークスの山(上)(下)

高村薫 照柿(上)(下)
多和田葉子 犬婿入り
多和田葉子 尼僧とキューピッドの弓
多和田葉子 献灯使
多和田葉子 地球にちりばめられて
高田崇史 QED〈百人一首の呪〉
高田崇史 QED〈六歌仙の暗号〉
高田崇史 QED〈ベイカー街の問題〉
高田崇史 QED〈東照宮の怨〉
高田崇史 QED〈式の密室〉
高田崇史 QED〈竹取伝説〉
高田崇史 QED〈龍馬暗殺〉
高田崇史 QED ～ventus～〈鎌倉の闇〉
高田崇史 QED〈鬼の城伝説〉
高田崇史 QED ～ventus～〈熊野の残照〉
高田崇史 QED〈神器封殺〉
高田崇史 QED ～ventus～〈御霊将門〉
高田崇史 QED ～flumen～〈九段坂の春〉
高田崇史 QED〈諏訪の神霊〉

高田崇史 QED〈出雲神伝説〉
高田崇史 QED〈伊勢の曙光〉
高田崇史 QED ～flumen～〈ホームズの真実〉
高田崇史 毒草師〈QED Another Story〉
高田崇史 QED ～flumen～〈月夜見〉
高田崇史 QED ～ortus～〈白山の頻闇〉
高田崇史 試験に出るパズル〈千葉千波の事件日記〉
高田崇史 試験に敗けない密室〈千葉千波の事件日記〉
高田崇史 試験に出ないパズル〈千葉千波の事件日記〉
高田崇史 パズル自由自在〈千葉千波の事件日記〉
高田崇史 化けて出る〈千葉千波の怪奇日記〉
高田崇史 麿の酩酊事件簿〈花に舞〉
高田崇史 麿の酩酊事件簿〈月に酔〉
高田崇史 クリスマス緊急指令〈～きよしこの夜、事件は起こる！～〉
高田崇史 カンナ 飛鳥の光臨
高田崇史 カンナ 天草の神兵
高田崇史 カンナ 吉野の暗闘
高田崇史 カンナ 奥州の覇者
高田崇史 カンナ 戸隠の殺皆

講談社文庫　目録

講談社文庫　目録

2021年9月15日現在